PAIS DE AUTISTAS

COORDENAÇÃO EDITORIAL
Andrea Lorena Stravogiannis

PAIS DE AUTISTAS

Literare Books
INTERNATIONAL
BRASIL · EUROPA · USA · JAPÃO

© LITERARE BOOKS INTERNATIONAL LTDA, 2022.
Todos os direitos desta edição são reservados à Literare Books International Ltda.

PRESIDENTE
Mauricio Sita

VICE-PRESIDENTE
Alessandra Ksenhuck

DIRETORA EXECUTIVA
Julyana Rosa

DIRETORA DE PROJETOS
Gleide Santos

RELACIONAMENTO COM O CLIENTE
Claudia Pires

EDITOR
Enrico Giglio de Oliveira

ASSISTENTE EDITORIAL
Luis Gustavo da Silva Barboza

REVISÃO
Ivani Rezende e Bruna Trindade

CAPA
Edvam Pontes

DESIGNER EDITORIAL
Lucas Yamauchi

IMPRESSÃO
Vox

Dados Internacionais de Catalogação na Publicação (CIP)
(eDOC BRASIL, Belo Horizonte/MG)

P149 Pais de autistas: acolhimento, respeito e diversidade / Coordenadora Andrea Lorena Stravogiannis. – São Paulo, SP: Literare Books International, 2022.
216 p. : il. ; 16 x 23 cm

Inclui bibliografia
ISBN 978-65-5922-454-8

1. Autismo. 2. Crianças autistas – Relações com a família. I.Stravogiannis, Andrea Lorena.

CDD 618.92

Elaborado por Maurício Amormino Júnior – CRB6/2422

LITERARE BOOKS INTERNATIONAL LTDA.
Rua Antônio Augusto Covello, 472
Vila Mariana — São Paulo, SP. CEP 01550-060
+55 11 2659-0968 | www.literarebooks.com.br
contato@literarebooks.com.br

SUMÁRIO

9   prefácio
Andrea Lorena Stravogiannis

11   autismo em mulheres: "inteligente demais para ter um transtorno e esquisita demais para ser normal"
Aline de Oliveira

21   a importância do treinamento parental
Aline Regina Emilio

29   educação e inclusão: eu escolhi amar e incluir
Ana Claudia Galvão Michelin

37   autismo na adolescência
Ana Mondin

45   o diagnóstico do coração da mãe atípica
Andrea Lorena Stravogiannis e Renata Maransaldi

57   a eficácia da terapia baseada no lego (lego® *therapy*)
Andrea Lorena Stravogiannis, Ana Beatriz Sahium Sá Ferreira e Débora Haupenthal

65   autismo e família: contribuição e assistência para pais e responsáveis com os cuidados dos filhos com transtorno do espectro autista
Berenice Edna de Oliveira e Maria Caroline dos Santos

73   os desafios da família atípica
Cintia Borges Navarro

83   a importância do acolhimento das famílias dos estudantes com tea: relatos de uma mãe-professora
Clara Messias

93	O PROCESSO DE APRENDIZAGEM DAS CRIANÇAS AUTISTAS: A POSSIBILIDADE DE LETRAR A PARTIR DO HIPERFOCO **Danielli Viana Cabral**
101	ALUNO COM TEA NO SISTEMA EDUCACIONAL: O DESAFIO DE TRANSFORMAR A INSERÇÃO EM INCLUSÃO **Dircilene Crepalde e Carmem Crepalde**
109	A IMPORTÂNCIA DA ACOMODAÇÃO SENSORIAL **Fernanda Carneiro**
117	A APLICABILIDADE DA TERAPIA COGNITIVO-COMPORTAMENTAL FRENTE AO AUTOCUIDADO DE MÃES ATÍPICAS DE PESSOAS AUTISTAS(TEA) **Gleiciene Rosário dos Reis Cruz**
125	AS INFINITAS POSSIBILIDADES DE ADAPTAÇÃO CURRICULAR PARA O TRANSTORNO DO ESPECTRO AUTISTA **Jacqueline C. Daraia**
133	OS HOLOFOTES NAS RUÍNAS **Juliana Eili Suzuki**
141	ATENDIMENTO PSICOPEDAGÓGICO DE UMA CRIANÇA AUTISTA **Lauriciana da Cunha Santos**
149	TESTES GENÉTICOS NO DIAGNÓSTICO DE TRANSTORNO DO ESPECTRO AUTISTA: COMO PODEM AUXILIAR? **Letícia da Silva Sena**
157	CAMINHO PARA ESCOLHA DA INTERVENÇÃO EFICIENTE **Lidiane Ferreira**
163	O CORPO DA CRIANÇA AUTISTA **Marcelle Lacourt**
171	AUTISMO EM TEMPOS PANDÊMICOS: DIFICULDADE DE DIAGNÓSTICO E TRATAMENTO NA REGIÃO AMAZÔNICA **Maria das Dores e Silva**
179	AUTISMO "LEVE" EM MENINAS: O QUE VOCÊ PRECISA SABER **Marta Souza**
187	QUANDO O DIAGNÓSTICO CONSTRÓI UM NOVO PROPÓSITO DE VIDA **Mayana Lacerda**

195   ENCONTRAMOS FELICIDADE APESAR DAS DIFICULDADES
Rosemeri de Carvalho Souza

203   O PODER DO AMOR DA MÃE ATÍPICA
Sara Radis

211   POR TRÁS DE NÓS: DANDO VISIBILIDADE AO AMOR E À DOR QUE ENVOLVEM CADA MÃE DE AUTISTA
Tereza Cristina Santos

PREFÁCIO

Ao descobrir que ela estava grávida, eles começaram a fazer planos. Enquanto preparavam o enxoval, já imaginavam ter o filho em seus braços, depois crescendo. Chegaram até a imaginar qual seria a sua profissão.

Na primeira infância, começaram a acompanhar sua evolução, até que comportamentos atípicos despertaram preocupação. A notícia sobre o autismo chegou, trazendo dúvidas e até mesmo um sentimento de luto. Se debruçaram no Google: qual o melhor tratamento? Meu filho será uma criança normal? Em suas mentes, a sensação de impotência: como teremos forças para lidar com tudo isso?

Este é um relato de muitos pais de crianças autistas. Enquanto buscam explicações e formas para que seu filho cresça de maneira independente e autônoma, eles tendem a se isolar e a criar um cenário comparativo doloroso com o universo de outras crianças.

Ser responsáveis por filhos autistas não quer dizer que os pais devam ser terapeutas 24 horas por dia. É preciso cuidar da saúde mental, mantendo uma rede de apoio que permita a manutenção de suas relações sociais, profissionais, familiares.

O enfoque deste livro, que considero de fundamental importância, é cuidar de quem mais necessita de ajuda e orientação; é cuidar de quem cuida. E para fornecer esse suporte, estão aqui reunidos psicólogos, pedagogos, fonoaudiólogos e diversas mães, revelando suas experiências, trazendo orientações, dicas práticas e até mesmo sugestões de atividades integrativas para que a jornada, apesar de dura, seja trilhada com acolhimento – não somente às crianças, mas a vocês, cuidadores.

Tomar conta de você é a única forma de conseguir dar conta de cuidar do restante da família. E uma família com conhecimento e autocuidado adequados pode ser o divisor de águas da efetividade de uma intervenção e de uma vida feliz.

Vocês não estão sós e também precisam de acolhimento.

Andrea Lorena Stravogiannis

1

AUTISMO EM MULHERES
"INTELIGENTE DEMAIS PARA TER UM TRANSTORNO E ESQUISITA DEMAIS PARA SER NORMAL"

Uma das grandes dificuldades encontradas para a compreensão e diagnóstico do autismo em mulheres, nos dias atuais, é a ausência de critérios mais específicos e sensíveis do que os utilizados pelos manuais classificatórios e diagnósticos de hoje em dia. Pesquisas e estudos acerca do tema vêm nos mostrando que, em mulheres autistas leves, os sintomas podem ser mais brandos e camuflados, portanto, socialmente aceitos e invisíveis.

Aline de Oliveira

Contatos
neuroaline26@gmail.com
Instagram: @alineneuropsi
Youtube: Psicologando com a Neurodiversidade
62 98252 4876

Psicóloga graduada pela Universidade Paulista (UNIP) em 2004, pós-graduada em Psicologia Clínica na Abordagem da Gestalt-terapia pelo Instituto de Treinamento e Pesquisa em Gestalt-terapia (ITGT) de Goiânia, em 2005, e chancela da PUC (GO). Especialista em Neuropsicologia pelo Núcleo de Ensino e Pesquisa (NEPNEURO) em 2012. Especialista em Terapia Cognitivo-comportamental (TCC), pelo Núcleo de Ensino e Pesquisa (NEPNEURO) em 2018. Diretora técnica e de eventos da Associação de Familiares e Amigos do Autismo de Goiás (AFAAG). Psicóloga efetiva no CAPS infantojuvenil de Aparecida de Goiânia desde 2015. Proprietária do Espaço Clínico Reestruturare.

Todos nós seres humanos possuímos um aparato neurobiológico, que nos permite a interação e o relacionamento com o ambiente e as pessoas que nos rodeiam. Esse aparato do qual me refiro é o sistema nervoso (SN). Ele nos permite receber, analisar, coordenar e reagir aos inúmeros estímulos, como variações de luz, temperatura, ruídos, vozes, cores dentre outros. Estruturalmente falando, o SN é subdividido em Central (SNC) e Periférico (SNP) que, juntos, assumem como funções principais a capacidade de pensar (cognições), sentir (emoções e estímulos sensoriais) e agir (atos motores).

As partes posteriores do cérebro compreendem regiões responsáveis pela informação sensorial, enquanto que a parte anterior (pré-frontal), além das funções sensoriais, organiza as informações emotivas, da memória e da atenção, oriundas do sistema límbico ou do cerebelo (regiões e estruturas fisiológicas e anatômicas do cérebro). O lobo pré-frontal assume, ainda, funções superiores, de planejamento, resolução de problemas, regulação emocional, flexibilidade cognitiva, automonitoramento, além de habilidades de crítica e manejo social adequado (KELLY, BORRILL & MADDELL, 1996).

A capacidade que temos de receber, processar e responder a diferentes estímulos internos e externos depende de um complexo e orquestrado funcionamento de áreas cerebrais e funções distintas, chamadas funções cognitivas. Elas são compostas pela: linguagem, percepção, memória, atenção, praxia e funções executivas. Todas elas compõem e participam do desenvolvimento neurológico, intelectual e da personalidade de um indivíduo (FREITAS, 2004).

A personalidade contém características psicológicas que nos definem enquanto indivíduos diferentes uns dos outros. Ela é construída e moldada a partir de aspectos biológicos, culturais, sociais e das experiências vividas ao longo de toda nossa vida, desde o nascimento. Ela diz respeito à nossa forma e modo de agir, interpretar e responder ao mundo, às pessoas e a nós mesmos (SISTO & OLIVEIRA, 2007). Essa visão também é compartilhada por Costa e McCrae (1998), que afirmam que os traços de personalidade podem sofrer influência de aspectos motivacionais, afetivos e comportamentais (SILVA & NAKANO, 2011).

O desenvolvimento neurobiológico e psicoemocional passa por múltiplos níveis de maturação e são interdependentes, dinâmicos, integrativos, não hierárquicos e, sobretudo, plásticos. Isto é, passível de modificações de acordo com o contexto, seja ele molecular, químico, social ou cultural (MUSZKAT.M; MELLO C. B. & RIZZUTTI, 2010). Ao longo do desenvolvimento, podem ocorrer alterações atípicas que afetam o processo de maturação saudável e favorecem o surgimento de muitos transtornos mentais, como por exemplo o autismo.

Transtorno mental é uma síndrome caracterizada por perturbação clinicamente significativa na cognição, na regulação emocional ou no comportamento de um indivíduo. E está frequentemente associado ao sofrimento ou à incapacidade significativa que afeta atividades sociais, profissionais ou qualquer outra atividade importante (APA, 2014).

O autismo ou Transtorno do Espectro Autista – TEA, por descrição do Manual de Diagnóstico e Estatístico de Transtornos Mentais 5ª edição – DSM-5, é um transtorno do neurodesenvolvimento, isto é, com início dos sintomas geralmente se manifestando antes da criança ingressar na escola. Se caracteriza por dificuldades persistentes na comunicação (que podem aparecer como: atrasos, expressão espontânea da fala, dificuldade de compreensão), na interação social (iniciação e manutenção), com presença de padrões restritos e repetitivos de comportamento, interesses ou atividades, ambos conforme manifestado atualmente ou por história prévia (APA, 2014).

Os sintomas devem estar presentes precocemente no período do desenvolvimento, mas podem não se tornar plenamente manifestos até que as demandas sociais excedam as capacidades limitadas, ou podem ser mascarados por estratégias aprendidas mais tarde na vida. Esses sinais causam prejuízo clinicamente significativo no funcionamento social, profissional, adaptativo e funcional do indivíduo (APA, 2014).

O grau e gravidade do autismo (nível 1, nível 2 ou nível 3) estão relacionados à quantidade de apoio/suporte que o indivíduo demanda em suas atividades da vida diária – AVD's e ao nível de autonomia e funcionalidade apresentados por ele. Visto que fatores como: inteligência, presença ou ausência de comorbidades, tempo de diagnóstico e estimulação são relevantes e devem ser avaliados.

Não é necessário que todos os sintomas do TEA estejam presentes ou comprometidos em uma única pessoa e da mesma forma/intensidade para definir o diagnóstico. A manifestação das caraterísticas, principalmente nos casos "leves", pode ser irregular, dinâmica, instável e mutável. O termo leve, aqui utilizado, não significa ausência do transtorno ou sofrimento, mas sim maior possibilidade de aprendizagem e autonomia. Quanto mais a inteligencia estiver preservada (QI maior que 100) mais fácil habilidade de camuflagem dos sinais e sintomas por meio da imitação de padrões mais socialmente toleráveis (exemplo: hiperfoco em leituras, cinemas, maquiagem, moda, carro, astronomia).

Autonomia e independência significam crescer, estar pronto, ser capaz de cuidar de si próprio de forma independente, no âmbito do desenvolvimento contínuo de competências importantes e essenciais à execução de tarefas do dia a dia. Maiores desafios são apresentados na transição da adolescência para a vida adulta, em que a demanda para as habilidades sociais e funcionais se tornam maiores, podendo evidenciar com mais clareza as dificuldades ou "esquisitices" da pessoa.

A camuflagem (*masking*) é uma expressão que tem sido utilizada para se referir à capacidade que muitas meninas autistas têm, de esconderem seus sintomas, copiando o jeito de falar, se portar ou se vestir das outras pessoas, visando se misturarem ou se sentirem pertencentes. Esse comportamento pode gerar nelas a sensação de falta de identidade própria, além de despertar nos outros olhares e comentários do tipo: "Essa menina é tão inteligente, mas é muito instável e esquisita".

O que, a longo prazo, pode exigir muito esforço mental, desgaste e sofrimento, que acabam por resultar no aparecimento de transtornos psiquiátricos como: ansiedade social, compulsões, depressão e risco aumentado para comportamento de automutilação e ideações de suicídio.

Nos últimos anos, cientistas verificaram que esse mascaramento (involuntário e adaptativo) pode explicar, pelo menos em parte, porque 3 a 4 vezes mais meninos do que meninas são diagnosticados com autismo. Isso também pode explicar porque meninas diagnosticadas ainda jovens tendem a apresentar traços graves e, meninas altamente inteligentes e com destaque escolar, são frequentemente diagnosticadas tardia e erroneamente. Pesquisadores também descobriram que os meninos também podem se camuflar, mas não tão comumente quanto as meninas (acredita-se que tal habilidade se dê em função das áreas corticais, envolvidas na comunicação social, serem biologicamente mais desenvolvidas em mulheres).

Quase todo mundo faz pequenos ajustes para se adequar melhor ou estar em conformidade com as normas sociais, mas a camuflagem implica um esforço constante e elaborado. Isso pode ajudar as mulheres com autismo a manterem seus relacionamentos e suas carreiras, mas esses ganhos geralmente têm um custo alto, incluindo exaustão física, sobrecargas no processamento sensorial e ansiedade extrema.

O limite entre o típico e o atípico pode sofrer variações dependendo da cultura na qual o indivíduo está inserido. O limiar de tolerância para sintomas e comportamentos específicos também vai depender da cultura, do contexto social e familiar. Significados, costumes e tradições podem contribuir para o estigma ou apoio na reação social e familiar à doença mental. Assim como pode fornecer estratégias de enfrentamento que aumentam a resiliência, a aceitação ou a rejeição do diagnóstico, contribuindo para a adesão ou evitação ao tratamento (APA, 2014).

De acordo com William Mandy, psicólogo clínico de Londres, os clínicos nem sempre pensam em autismo quando veem meninas inteligentes quietas ou que parecem lutar socialmente. Por experiência própria, afirma que ele e seus colegas rotineiramente costumavam ver garotas que foram levadas de uma clínica para outra, muitas vezes diagnosticadas incorretamente com outras condições, "Inicialmente, não tínhamos ideia de que elas precisavam de ajuda ou apoio quanto ao autismo".

Com o tempo, Mandy e outros começaram a suspeitar que o autismo podia se apresentar de maneira diferente em meninas. Foi quando, entrevistando mulheres no espectro autista, notaram que nem sempre conseguiam perceber sinais de autismo, mas vislumbraram o fenômeno de "camuflagem" ou "mascaramento" nelas.

Em alguns pequenos estudos a partir de 2016, os pesquisadores confirmaram que a camuflagem é comum pelo menos entre mulheres com alto quociente de inteligência (QI). Eles também notaram possíveis diferenças entre gêneros que ajudam as meninas a escaparem da observação dos médicos: "enquanto os meninos com autismo podem ser hiperativos ou parecerem comportar-se mal, as meninas geralmente parecem ansiosas, deprimidas, bipolares ou com personalidade limítrofe ou antissocial".

A definição de *masking*, amplamente falando, inclui qualquer esforço para mascarar uma característica de autismo, desde evitar comportamentos repetitivos ou falar sobre interesses obsessivos até fingir seguir uma conversa ou imitar o comportamento neurotípico (pessoas com desenvolvimento típico e dentro da faixa de normalidade). Quando os pesquisadores perguntaram o que motivava esses indivíduos a mascararem seus traços de autismo e quais técnicas usavam para atingir seu objetivo, alguns participantes relataram que camuflaram para se relacionar com amigos, para conseguir um bom emprego ou encontrar um par romântico.

De acordo Mandavilli Apoorva (2015), editor-chefe do Spectrum News, em seu artigo *As garotas perdidas*, não é incomum que mulheres, antes de receberem o diagnóstico de autismo, enfrentem, desde muito cedo, uma série de situações constrangedoras e de muita exposição. São chamadas de "sonsas, dissimuladas, falsas, esquisitas, opositoras, mal-educadas, arrogantes, cínicas, dentre outros rótulos, por não conseguirem responder ou explicar uma situação ou problema e por usarem atitudes autoagressivas, evasivas, questionadoras e evitativas para se safarem, por falta de jeito ou habilidades cognitivas e sociais adequadamente competentes.

O trecho a seguir nos mostra um relato de caso, coletado de forma clínica, ilustra bem a angústia e o sofrimento de uma mulher tardiamente diagnosticada como autista:

> Eu estive deprimida desde os 11 anos, com ansiedade social incapacitante. Na adolescência, lutei contra a anorexia, comecei a me automutilar e tentei suicídio por mais de duas vezes. Sempre fui a melhor da turma, a mais inteligente, gostava de ler livros sobre história e cinema, gostava e queria ter amigos, mas era toda errada. E tudo isso eram apenas expressões do autismo que estavam lá para qualquer um ver, se eles olhassem mais de perto. Agora, aos 29 anos, eu entendo que ficava deprimida e ansiosa porque a vida é difícil, não é o contrário. Sentia-me uma extraterrestre que não se encaixava em lugar nenhum. Sempre senti que eu nasci errada. Todos me achavam esquisita e estranha, e eu fazia de tudo para ser aceita e ser como eles. Mas eu não sabia ser diferente, mesmo se eu quisesse, não conseguia ser de outro jeito.

Como o autismo é pelo menos três vezes mais comum em meninos do que em meninas, os cientistas rotineiramente incluem apenas meninos em suas pesquisas. O resultado é que sabemos muito pouco sobre como o autismo pode ser diferente em meninas e meninos. O que sabemos é ainda obscuro: em média, meninas que têm sintomas leves de autismo são diagnosticadas dois anos depois que os meninos (APOORVA, 2015).

No ano de 2017, uma série de estudos foram realizados, dentre eles, uma equipe de pesquisadores dos Estados Unidos observaram em escolas primárias, durante o intervalo, as interações entre 48 meninos e 48 meninas, a metade de cada grupo diagnosticada com autismo, com idades entre 7 e 8 anos. Verificaram que as meninas com autismo tendem a ficar perto das outras meninas, entrando e saindo de suas atividades. Em contraste, meninos com autismo tendem a brincar sozinhos. Isso sugere que buscar o critério de isolamento social apenas para identificar crianças no espectro autista não abarcará muitas meninas.

Connie Kasari (2017), pesquisadora da Universidade da Califórnia em Los Angeles, observou que meninas típicas costumam conversar, fofocar e se envolver em relacionamentos íntimos e passar rapidamente de um grupo para outro. Apesar de parecer que as meninas autistas faziam a mesma coisa, eles verificaram que o que estava realmente acontecendo era diferente: as meninas com autismo eram rejeitadas repetidamente dos grupos (por serem inadequadas e "estranhas" sic), mas persistiam ou tentavam se unir umas às outras, mais que os meninos. E normalmente permaneciam no grupo por intermédio de uma amiga que era amiga das outras meninas.

Outro estudo, também em 2017, agora um pouco mais amplo, com dois grupos de 114 participantes cada, de ambos os sexos, analisou a pontuação na Escala de Observação para Diagnóstico do Autismo (ADOS). Em questionários baseados em relatos de pais sobre traços de autismo e habilidades de vida diária (como se vestir), constatou que meninas com características menos graves, especialmente aquelas com QI alto, não atingiam pontuação alta o suficiente na ADOS para serem incluídas nas amostras. Ou seja, esses testes-padrão podem não identificar muitas meninas com autismo, porque foram projetados para detectar essa condição em meninos (RATTO, 2017). Os testes de interesses restritos (hiperfoco) nas meninas geralmente são atraídos por animais, bonecas, cinema, celebridades, astrologia, isto é, se assemelham aos de seus pares típicos.

Os adultos participantes da pesquisa de Mandy (2016) descreveram um repertório imaginativo de ferramentas que utilizam em diferentes situações, para evitar sofrimentos e ganhar aceitação. Como, por exemplo, alguém com dificuldade em iniciar uma conversa pode mascarar sua dificuldade sorrindo primeiro ou preparar piadas para "quebrar o gelo". Muitas mulheres relataram ter desenvolvido um repertório de personas para diferentes ocasiões e, por muitos anos, carregaram um vazio dentro de si, por não reconhecer uma personalidade própria que não fosse imitação.

Para tornar os movimentos repetitivos menos detectáveis, a maioria dos entrevistados relatou usar métodos de redirecionar a energia para movimentos musculares menos visíveis, como sugar, apertar os dentes, morder as bochechas e a língua, sentar em suas mãos ou tensionar e relaxar os músculos da coxa. Assim como para canalizarem sua necessidade de estimulação, utilizam-se de movimentos mais aceitáveis socialmente, como tocar uma caneta, rabiscar ou brincar com objetos embaixo da mesa, torcer ou tamborilar os dedos. Muitos conseguiam restringir seus movimentos para as ocasiões em que estão sozinhos ou em um lugar seguro, como com a família (IGELSTRÖM).

A maioria das mulheres diagnosticadas tardiamente, relataram que não ter sabido anteriormente sobre seu autismo provocou muito sofrimento. Muitas descreveram ter passado por experiências de *bullying*, uso de álcool, drogas e abuso sexual, por não perceberem nos outros malícia ou segundas intenções, se tornam mais vulneráveis, sendo ingenuamente enganadas. Disseram ainda que, se sua condição fosse conhecida, talvez teriam sido menos incompreendidas, desprotegidas e alienadas na escola e no grupo social poderiam ter recebido o suporte necessário mais cedo (MANDY, 2016).

Perguntas como: quais partes de mim sou eu e quais partes de mim estão escondidas? O que eu tenho de valor dentro de mim mesma que não pode ser expresso por que estou constantemente e automaticamente camuflando minhas características autistas? O que tem de errado em mim? De acordo com Igelström, só podem ser processadas após o diagnóstico, ou pelo menos, depois de reviverem o passado com esse novo *insight*. Para muitas mulheres, infelizmente, isso acontece tardiamente em suas vidas, acumulando anos de feridas, de um modo muito descontrolado, destrutivo e subconsciente de viver, com muitas marcas e problemas de saúde mental como consequência.

Então, o olhar crítico, desconfiado, curioso, atento e sem preconceito sobre o que está extraordinariamente diferente pode conduzir milhares de meninas, garotas e mulheres a um diagnóstico adequado dentro do TEA, e possibilitar o alívio em se ter uma resposta, um direcionamento e o direito de ser compreendida e aceita assim como elas são únicas e neurodivergentes, ainda que pareçam inteligentes demais para terem um transtorno e esquisitas demais para serem "normais".

Referências

ACKERMAN, P. L.; HEGGESTAD, E. D. (1997). Inteligência, personalidade e interesses: Evidências de traços sobrepostos. *Boletim psicológico*, 121, pp. 219–245.

ALVARENGA, G. C. S.; ALARCON, R. T.; MARTINS, E. M. *Autismo leve e intervenção na abordagem cognitivo-comportamental*. São Paulo, 2017.

AMERICAN PSYCHIATRIC ASSOCIATION. *DSM-5: Manual diagnóstico e estatístico de transtornos mentais*. Porto Alegre: Artmed, 2014.

BARON-COHEN, S.; KNICKMEYER, R.; BELMONTE, M. *Sex Differences in the Brain: Implications for Explaining Autism*. Disponível em: <https://www.science.org/doi/abs/10.1126/science.1115455>. Acesso em: 26 set. de 2022.

BORRILL, K. T. P. H. S.; MADDELL, D. L. Development and assess– ment of executive function in children. *Child Psychology and Psychiatry Review*, 1, pp. 46-51, 1996.

DÂNGELO, J. G.; FATTINI, C. A. *Anatomia humana sistêmica e segmentar*. 2. ed. São Paulo: Atheneu, 2001.

DWORZYNSKI, K.; RONALD, A.; BOLTON, P.; HAPPÉ, F. *How Different Are Girls and Boys Above and Below the Diagnostic Threshold for Autism Spectrum Disorders?* Disponível em: <https://www.jaacap.org/article/S0890-8567(12)00412-1/fulltext>. Acesso em: 26 set. de 2022.

ENDRES, R. G. *Fenótipo ampliado do autismo, habilidades comunicativo-pragmáticas e coerência central em familiares de crianças e adolescentes com e sem TEA*. Disponível em: <https://www.lume.ufrgs.br/handle/10183/2180452017>. Acesso em: 26 set. de 2022.

FREITAS, V. de. A. *Conceitos e fundamentos*. São Paulo: Artmed, 2004.

PORTAL PEBMED. *Autismo: veja os critérios diagnósticos do DSM-V*. Disponível em: <https://pebmed.com.br/autismo-veja-os-criterios-diagnosticos-do-dsm-v/>. Acesso em: 12 set. de 2022.

RUSSO, F. *The costs of camouflaging autism*. Disponível em: <https://www.spectrumnews.org/features/deep-dive/costs-camouflaging-autism/>. Acesso em: 12 set. de 2022.

SILVA, I. B.; NAKANO, T. de C. *Modelo dos cinco grandes fatores da personalidade: análise de pesquisas*, 2011.

VARANDA, C. de A.; FERNANDES, F. D. M. *Consciência sintática: prováveis correlações com a coerência central e a inteligência não-verbal no autismo*. Disponível em: <https://1library.org/document/6qm4pm4q-consciencia-sintatica-provaveis-correlacoes-coerencia-central-inteligencia-autismo.html>. Acesso em: 12 set. de 2022.

2

A IMPORTÂNCIA DO TREINAMENTO PARENTAL

Cuidar de uma pessoa diagnosticada com TEA é um grande desafio, por isso é necessário ser capacitado adequadamente. E pensando nos pais, é importante receberem o treinamento parental, para que possam complementar a intervenção de tal forma que consigam tornar as diversas situações durante o dia a dia uma oportunidade de aprendizagem, aprendam a manejar os comportamentos que se apresentam como inadequados e, principalmente, se fazerem parte ativa do processo de desenvolvimento da pessoa diagnosticada com TEA. Afinal, uma família com o conhecimento adequado pode ser o divisor de águas da efetividade de uma intervenção.

ALINE REGINA EMILIO

Aline Regina Emilio

Contatos
contato@alineemilio.com.br
Instagram: @nine.emilio / @nicnortear

Psicóloga graduada pela Universidade do Vale do Itajaí (Univali); pós-graduada em Autismo Infantil, Intervenções Precoces no Autismo, Desenvolvimento Infantil e em Análise do Comportamento Aplicada (ABA). Mestranda em Psicologia pela Univali. Realizou diferentes cursos de aprimoramento e formações em ABA e autismo. Idealizadora e responsável pelo Núcleo de Intervenção Comportamental Nortear, no qual realiza intervenções comportamentais para crianças e adolescentes diagnosticados com TEA, assim como treinamento parental para os pais no sul do país.

Atualmente, um dos principais tratamentos indicados para crianças diagnosticadas com Transtorno do Espectro do Autista são as intervenções que utilizam os princípios da análise do comportamento aplicada (ABA), pois possuem evidências científicas robustas de sua efetividade, assim como é indicado que iniciem de forma precoce e intensiva (MATSON; SMITH, 2008). E nessa perspectiva, entende-se como precoce as intervenções que iniciam no máximo até os 3 anos de idade e, intensiva, aquelas que tenham carga horária entre 30 e 40 horas semanais (MAURICE; GREEN; FOX, 2001).

Alguns dos maiores desafios inicialmente encontrados pelos pais, diante do diagnóstico de TEA de seus filhos, pode ser o acesso à informação de qualidade ou a serviços adequados e coordenados (aqueles que ocorrem de forma conjunta em seus objetivos), além de treinamento de determinadas habilidades, assim como suporte nas fases transitórias (RUSSA; MATTHEWS; OWEN-DESCHRYVER, 2015).

Diante desses e outros desafios que possam se apresentar aos pais de crianças diagnosticadas com TEA, uma estratégia de auxiliá-los é por meio do treinamento parental, por ser considerado um componente fundamental de programas que se mostram eficazes referentes à intervenção com o autismo (NATIONAL RESEARCH COUNCIL, 2001).

Diferentes pesquisas apresentam que a participação dos pais nas intervenções e a capacitação dos mesmos podem auxiliar a promover generalização e manutenção das habilidades ensinadas para criança (INGERSOLL; GERGANS, 2007; LERMAN *et al.*, 2020), pois ampliam as possiblidades de pôr em prática aquilo que foi ensinado para a criança em contexto clínico.

Ao envolver os pais no processo de tratamento da criança, sugere-se o aumento da probabilidade de resultados positivos da intervenção (CROCKETT *et al.*, 2007), assim como os melhores resultados de serviços ABA são aqueles que incorporam o treinamento parental (GRESHAM; BEEBE-FRANKENBERGER; MACMILLAN, 1999).

Outro aspecto importante sobre a contribuição do treinamento parental é que, pode vir a ser uma ferramenta de apoio que auxilia na redução da probabilidade de desenvolver depressão e estresse nos pais (IBAÑEZ *et al.*, 2018). A literatura vem apresentando fortemente que pais de crianças com TEA, muitas vezes, apresentam níveis maiores de estresse quando, comparados a pais de crianças que apresentam desenvolvimento típico (DABROWSKA; PISULA, 2010; ESTES; MUNSON *et. al*, 2009).

O treinamento parental deve ser entendido, como um dos procedimentos da própria intervenção com o indivíduo com TEA, assim como um dos pilares mais importantes de intervenções comportamentais. Sendo necessário que os profissionais responsáveis pelo caso pensem nos objetivos do treinamento, planejem de forma adequada como se dará a realização, garantindo que o treinamento seja efetivo a ponto que amplie o escopo de conhecimento dos pais, e que consiga engajá-los no processo de intervenção e desenvolvimento de seus filhos.

Nesse sentido, as propostas de treinamento devem definir de forma clara os comportamentos que serão objetivo de ensino, que podem ser compostos por ensino de "princípios básicos" da análise do comportamento, ensino de respostas, análise de função de comportamento, diferentes formas de estratégias de ensino que compõem a ABA, entre outros, buscando compreender e sanar as dúvidas e necessidades que os pais possam apresentar diante dos comportamentos apresentados pelos seus filhos.

Atualmente existem alguns manuais e propostas de treinamento parental. Wong *et al.* (2015) sugere algumas habilidades a serem ensinadas aos pais como, por exemplo, identificar comportamentos que no ponto de vista social podem ser considerados disruptivos, analisar as possíveis funções desses comportamentos, implementar estratégias para prevenir e manejar tais comportamentos e treinar a comunicação funcional.

Mas essa ferramenta pode contribuir ainda mais, podendo ser utilizada para desenvolver outras habilidades com os pais, como garantir que as habilidades que as crianças aprendem em contexto clínico sejam generalizadas para contextos domiciliares. Por exemplo, se na terapia estão ensinando a criança a apontar como uma forma de pedir por algo, ao treinar os pais, pode-se ajudar a criança a apresentar essa habilidade mais rápido, em todos os ambientes e com diferentes pessoas.

O treinamento parental auxilia também os pais a desenvolverem as habilidades sociais e de interesses de seus filhos, reduzindo comportamentos repetitivos ou estereotipados, auxiliando nas dificuldades de linguagem ou seletividade alimentar, e até mesmo na rigidez cognitiva. Ou seja, os pais devem ser treinados para além de saberem lidar com suas necessidades diante de seus filhos a desenvolverem e manter novas habilidades com eles.

Existem diferentes estratégias para desenvolver o treinamento parental, pode ser feito por instruções diretas durante aulas expositivas com materiais de apoio (textos, artigos, slides etc.), por videomodelação (se apresenta vídeos dos procedimentos, sendo aplicados modelos durante o treinamento), treinamento piramidal (na qual se ensina um membro da família e este membro replica o treinamento), tutorial interativo (uma ferramenta que apresenta um passo a passo do que está sendo ensinado), *behavior skill training* – BST (apresentação de instruções verbais e por escrito, um modelo prático, oportunidade em aplicar o que foi ensinado e um *feedback* do desempenho), *role-playing* (encenar situações reais para que se possa treinar a aplicação do procedimento ensinado), entre outras possibilidades. Com o avanço da tecnologia, pode ser ofertada em diferentes modalidades (presencial e on-line), o que facilita o acesso e reduz o custo.

Crianças com TEA e suas famílias necessitam e merecem o melhor tratamento baseado em evidências cinéticas (MORRIS, 2009), para que os pais possam assegurar a seus filhos que a própria prestação de serviço em ABA é adequada conforme os preceitos da ciência; é de grande importância que os pais estejam treinados e avaliem a qualidade do serviço que estão recebendo, para além de todos os benefícios já citados anteriormente.

É fundamental que os pais entendam que exercem papel fundamental na vida de seus filhos e no processo de intervenção, precisam ser vistos como coautores, sendo necessário e importante o seu envolvimento para a garantia do melhor resultado da intervenção (BOSA, 2006).

Pela participação de treinamentos parentais, os pais e profissionais poderão levar a criança a desenvolver seu maior potencial, por meio de habilidades e conhecimentos, os pais ajudarão o filho com autismo a se desenvolver (WANG, 2008). É importante que os pais ampliem a compreensão a respeito de aspectos do diagnóstico de TEA, do prognóstico, das dificuldades e problemas de seus filhos, para que se sintam mais confiantes e possam ajudá-los, a imaginar e desenvolver possibilidades para o futuro da família (ZINGALE *et al.*, 2008).

Todo o processo, desde o momento de investigação do possível diagnóstico de autismo, as dúvidas e incertezas após sua confirmação e as angústias e aflições sobre o que esperar do futuro consomem os pais no processo de intervenção. Porém, ao se abrir um espaço para apresentar as necessidades e, por meio delas, oportunidades de ensino pelo treinamento parental, todo o processo de horas e até mesmo anos de intervenção pode ser mais saudável e apresentar maior acolhimento para os pais, assim como melhores oportunidades de desenvolvimento para a criança.

O treinamento parental é primordial para qualquer intervenção com crianças e adolescentes e, principalmente, quando se trata de indivíduos diagnosticados com TEA com intervenções comportamentais.

Referências

BOSA, C. Autismo: intervenções psicoeducativas. *Revista brasileira de psiquiatria*, 2006, pp. 47-53.

CROCKETT, J. L.; FLEMING, R. K.; DOEPKE, K. J.; STEVENS, J. S. Parent training: Acquisition and generalization of discrete trials teaching skills with parents of children with autism. *Research in developmental disabilities*, 2007, v. 28, n. 1, pp. 23-36.

ESTES, A.; MUNSON, J.; DAWSON, G.; KOEHLER, E.; ZHOU, X. H.; ABBOTT, R. Parenting stress and psychological functioning among mothers of preschool children with autism and developmental delay. *Autism*, 2009, v. 13, n. 4, pp. 375-387.

GRESHAM, F. M.; BEEBE-FRANKENBERGER, M. E.; MACMILLAN, D. L. A selective review of treatments for children with autism: Description and methodological considerations. *School psychology review*, 1999, v. 28, n. 4, pp. 559-575.

IBAÑEZ, L. V.; KOBAK, K.; SWANSON, A.; WALLACE, L.; WARREN, Z.; STONEt, W. L. Enhancing interactions during daily routines: A randomized controlled trial of a web-based tutorial for parents of young children with ASD. *Autism research*, 2018, v. 11, n. 4, pp. 667-678.

INGERSOLL, B.; GERGANS, S. The effect of a parent-implemented imitation intervention on spontaneous imitation skills in young children with autism. *Research in developmental disabilities*, 2007, v. 28, n. 2, pp. 163-175.

LERMAN, D. C.; O'BRIEN, M. J.; NEELY, L.; CALL, N. A.; TSAMI, L.; SCHIELTZ, K. M.; COOPER-BROW, L. J. et al. Remote coaching of caregivers via telehealth: Challenges and potential solutions. *Journal of behavioral education*, 2020, v. 29, n. 2, pp. 195-221.

MATSON, J. L.; SMITH, K. R. M. Current status of intensive behavioral interventions for young children with autism and PDD-NOS. *Research in autism spectrum disorders*, 2008, v. 2, n. 1, pp. 60-74.

MAURICE, C.; GREEN, G.; FOXX, R. M. *Making a difference: behavioral intervention for autism.* Pro-Ed, 2001.

MORRIS, E. K. A case study in the misrepresentation of applied behavior analysis in autism: The Gernsbacher lectures. *The behavior analyst*, 2009, v. 32, n. 1, pp. 205-240.

NATIONAL RESEARCH COUNCIL. *Educating children with autism.* National Academies Press, 2001.

RUSSA, M. B.; MATTHEWS, A. L.; OWEN-DESCHRYVER, J. S. Expanding supports to improve the lives of families of children with autism spectrum disorder. *Journal of positive behavior interventions*, 2015, v. 17, n. 2, pp. 95-104.

WANG, P. Effects of a parent training program on the interactive skills of parents of children with autism in China. *Journal of policy and practice in intellectual disabilities*, 2008, v. 5, n. 2, pp. 96-104.

WONG, C.; ODOM, S. L.; HUME, K. A.; COX, A. W.; FETTIG, A.; KUCHARCZYK, S.; SCHULTZ, T. R. et al. Evidence-based practices for children, youth, and young adults with autism spectrum disorder: a comprehensive review. *Journal of autism and developmental disorders*, 2015, v. 45, n. 7, pp. 1951-1966.

WSKA, A.; PISULA, E. Parenting stress and coping styles in mothers and fathers of pre-school children with autism and Down syndrome. *Journal of intellectual disability research*, 2010 v. 54, n. 3, pp. 266-280.

ZINGALE, M.; BELFIORE, G.; MONGELLI, V.; TRUBIA, G.; BUNO, S. Organization of a family training service pertaining to intellectual disabilities. *Journal of policy and practice in intellectual disabilities*, 2008, v. 5, n. 1, pp. 69-72.

3

EDUCAÇÃO E INCLUSÃO
EU ESCOLHI AMAR E INCLUIR

A inclusão é um ato de amor com o qual todos ganham. Para que a inclusão aconteça verdadeiramente, é preciso que professores, pais e profissionais estejam em constante contato. Adaptar atividades não é fácil, mas com amor e dedicação é possível. Incluir não é apenas colocar uma criança em sala de aula, ela precisa estar inserida em todas as atividades, que devem ser preparadas e adaptadas de acordo com suas habilidades e possibilidades.

ANA CLAUDIA GALVÃO MICHELIN

Ana Claudia Galvão Michelin

Contatos
anadudueric@gmail.com
Instagram: @anaclaudiamichelin
Facebook: Ana Claudia Galvão
@livromeuamigoespecial
11 99731 5420

Professora, pedagoga, psicopedagoga e especialista em Educação Especial com ênfase em Autismo. Trabalha na mesma rede particular de ensino de São Paulo há mais de 18 anos. Com o intuito de ajudar professores que receberam alunos autistas, ministra palestras e cursos sobre o TEA, buscando sempre levar sugestões de como adaptar materiais para esses alunos especiais. Participa de vários grupos nas redes sociais relacionados ao tema. Possui um grupo de WhatsApp que foi criado para a troca de atividades entre professores, porém, nele há também pais e alguns profissionais de diversas regiões do Brasil. É autora de dois livros já publicados: *Meu amigo especial: autismo uma peça que se encaixa* e *Qual é o lápis cor de pele?* Em setembro, sairá o novo livro: *O baú de histórias de minha avó.*

Minha história com a educação vem de família. Cresci nesse mundo. Minha mãe foi professora e diretora de uma escola durante muitos anos, em minha família há muitos professores. Enfim, acredito que o amor pela educação está no sangue. Dou aula desde muito nova, fui também proprietária de uma escola de educação infantil que, infelizmente, por motivo de saúde, tive que repassar para outra pessoa.

Na época que fiz o magistério e a pedagogia, ouvíamos pouco sobre inclusão. A impressão que tenho é que até pouco tempo atrás era como se essas pessoas especiais não existissem. De alguns anos para cá, é possível perceber um *boom* na inclusão que, mesmo com tantas informações e pesquisas, ainda é um tema que muitos têm preconceito, medo de falar ou vivenciar.

O fato é que essas crianças especiais estão aí, e possuem o direito de serem incluídas da melhor forma na sociedade. Muitos professores não estão preparados para receberem esses alunos ou não querem recebê-los. Dizem que não sabem como trabalhar, que não têm experiência. Ah! Se soubessem o quão enriquecedor e apaixonante é trabalhar com crianças especiais, com certeza não inventariam desculpas.

Eu nunca havia trabalhado com a inclusão, mas por trabalhar em uma escola inclusiva, já havia feito alguns cursos sobre autismo, pois sabia que mais cedo ou mais tarde receberia um aluno especial. Fazendo esses cursos, percebi que o autismo não era igual em todas as pessoas, que cada autista é um ser único, que não existia uma "receita" de como trabalhar com crianças autistas, e que era por isso a palavra "espectro".

No final de 2016, fui chamada pela coordenadora da minha escola e descobri que no ano seguinte receberia na minha turma de segundo ano um aluno autista. Fiquei muito contente pela oportunidade, mas também com muito medo de não conseguir ajudá-lo, afinal eu não sabia praticamente nada sobre inclusão.

Pensei muito por alguns dias e descobri que eu podia escolher entre dois caminhos: estudar para ajudar esse aluno a se desenvolver e incluí-lo verdadeiramente, ou deixá-lo simplesmente lá no canto da sala, como sabemos que acontece ainda em muitos lugares. É claro que fiquei com a primeira opção.

Assim que recebi a notícia que esse aluno com TEA seria meu, fui buscar informações sobre ele, com a professora e com a mediadora que o acompanhara no ano anterior. Elas me deram algumas dicas e me sugeriram alguns tipos de atividades que ele gostava de fazer. Contudo, meu coração ainda continuava inquieto mesmo depois da conversa com elas.

A minha maior preocupação era incluir esse aluno no máximo de atividades possíveis. Fiquei pensando durante um bom tempo o que poderia fazer. Aproveitei minhas férias de janeiro para descansar e pesquisar algumas coisas sobre o assunto, visto que meu conhecimento era muito vago. Tentei controlar minha ansiedade, pois sabia que era muito importante conhecer esse meu aluno, antes de planejar as atividades para ele.

Chegou o dia da reunião de pais, um dia que nós, professores, conhecemos um pouco das famílias que estarão conosco no decorrer daquele ano. Ao término da reunião, o pai da criança especial sentou-se comigo para falar um pouco sobre o filho, como ele era, do que gostava, disse-me que era muito galanteador e esperto. Ao final da nossa conversa, segurou em minha mão e pediu para que eu não desistisse do filho dele. "Não desistirei, lutaremos juntos pelo seu filho, para que ele progrida a cada dia", respondi.

Esse pedido veio como uma injeção de ânimo, para que eu buscasse ainda mais formas de auxiliar esse garoto. E foi por causa desse pedido, que mergulhei para o mundo da inclusão, um caminho apaixonante e sem volta.

Comecei o ano com muitas dúvidas sobre o que ensinar e como ele aprenderia, como fazer para incluir esse aluno nas atividades dos demais. Resolvi fazer alguns cursos para me inteirar um pouco mais sobre o assunto. Esses cursos foram o começo de uma linda trajetória, que possuo até hoje com a inclusão.

No início do ano, tive muitas dificuldades na adaptação de materiais, procurava por horas (em sites, livros e entre outras coisas) modelos de jogos e atividades que pudessem servir para meu aluno. Muitas vezes me sentia frustrada, por planejar algumas atividades que ele não conseguia fazer. Com o passar do tempo, fui conhecendo-o e os planejamentos ficaram um pouco mais fáceis de serem feitos, mas cada dia era um desafio novo. Fui sentido a necessidade de me aprimorar cada vez mais, enquanto vivenciava a experiência de ter em minha sala de aula um aluno com TEA.

Não posso deixar de citar aqui a importância da professora mediadora, que permanecia o tempo todo ao lado dele, auxiliando-o a superar todas as dificuldades. Há uma lei que estabelece que os alunos com alguma deficiência tenham a seu lado um professor mediador, mas tenho consciência de que em muitos lugares isso ainda não acontece.

Acredito que o professor é um ser em constante formação, pois conhecimento nunca é demais. Posso dizer com certeza que foi um ano de muitas aprendizagens para mim, para ele e para todos os alunos que tiveram a oportunidade de vivenciar a inclusão como deve ser.

Tudo o que a classe fazia de lição e atividades práticas, o meu aluno com TEA participava da forma dele, sempre tendo seus limites respeitados e suas capacidades estimuladas. Receber um aluno especial em sala de aula, não significa que a inclusão está acontecendo. Para que ela ocorra de forma efetiva, é necessário que o docente conheça a história de vida desse aluno, como é sua relação com a família e com seus terapeutas, quais são seus objetos de preferência, o que o deixa nervoso ou triste, enfim, conhecer ao máximo todas as suas características, para saber melhor o que e como fazer.

Durante o ano, para inserir ainda mais esse aluno, criei com a turma o projeto "Amigos do peito", o qual funcionava da seguinte forma: todos os dias na hora do intervalo, eram escolhidos por esse aluno especial três ou quatro amigos, para brincarem com ele de algo divertido, como boliche, futebol, corda (tinha um cartaz na sala de aula com o nome de todos e o aluno ia marcando os amigos escolhidos, só podia repeti-los depois que todos da turma tivessem participado). Foi um sucesso!

Estabeleci um vínculo muito forte com esse aluno, tinha muita vontade de ajudá-lo, e a nossa conexão era tão boa que alguns professores da escola achavam que ele era meu filho; outros professores me incentivavam a escrever um livro sobre meu convívio com ele.

Mas como eu estava preocupada em fazê-lo crescer em todos os aspectos, descartei essa possibilidade de ser escritora em um primeiro momento. Comecei a pesquisar cada vez mais, no final do ano, tive a ideia de ministrar cursos sobre inclusão e adaptações de materiais. Achei que compartilhar essa vivência seria muito enriquecedora para mim e para os outros. Fui convidada para dar palestras em alguns lugares.

Durante esse meio tempo, entrei em uma pós-graduação de educação especial com ênfase em autismo, a qual ajudou muito a enriquecer meu currículo e meu crescimento profissional.

O ano de 2017 foi muito intenso e marcante profissionalmente. Todos os anos nós professores, temos novos desafios, mas esse desafio foi um divisor de águas, eu aprendi a ser melhor, a buscar coisas diferentes para ajudar meus alunos, a sair um pouco da zona de conforto e ir além do que eu podia imaginar.

No final do ano, com o coração transbordando de amor e com a sensação de dever cumprido, chegou a hora de me despedir daquela linda turma que, com certeza, deixou saudade. Na festa de encerramento do ano, foi muito emocionante ver o entrosamento de toda turma, pude perceber que tudo valeu a pena e que a inclusão foi verdadeiramente feita como deveria.

No ano seguinte, descobri que lecionaria para o terceiro ano e que aquele aluno especial seria novamente meu. Fiquei contente, pois sabia que poderia dar continuidade ao trabalho já realizado no ano anterior, que agora eu já sabia como fazer. Foi então que mais uma vez algumas amigas me sugeriram que escrevesse um livro sobre minha trajetória com o autismo.

Fiquei pensando por um tempo nessa possibilidade e, como em um passe de mágica, a ideia do livro começou a surgir em minha cabeça. Foram apenas alguns dias e a história já estava pronta, fui em busca de algumas editoras para publicá-lo, mas não tive sucesso.

Cheguei a ouvir que o assunto autismo não vendia e que, se eu quisesse vender, deveria tirar essa palavra do texto e da capa. Não concordei, afinal, meu objetivo era divulgar o autismo. Acabei encontrando uma editora que aceitou fazer a publicação do livro se eu arcasse com as despesas. Aceitei, pois acho que podia fazer mais pela educação, e essa foi uma das maneiras que achei para incentivar a inclusão.

O lançamento do livro foi feito na escola em que trabalho. Foi algo indescritível! Durante a minha fala, pude relembrar com aquele pai o pedido que ele havia feito no ano anterior. Você se lembra do pedido que me fez no início do ano passado? Este livro é a prova de que eu nunca desisti do seu filho e que a inclusão é um ato de amor com a qual todos ganham.

Além de crianças autistas, já trabalhei com crianças com Síndrome de Down. A cada ano que passa, essas crianças estão chegando em nossa sala de aula e não podemos ficar parados acreditando em uma falsa inclusão. A lei está aí para ser cumprida e os pais, juntamente com a escola, devem lutar para que a inclusão seja feita de forma efetiva.

Agora que vocês já conheceram um pouco da minha história com a inclusão, vou colocar aqui algumas sugestões de atividades.

Ideias e sugestões de adaptações

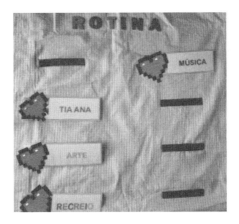

A rotina é algo importante para a maioria dos autistas, essa rotina foi confeccionada em pano, para ter maior durabilidade, e velcro. Assim que chegávamos em sala, fazíamos com ele a rotina. Além dos nomes das matérias, havia uma foto com cada professor para que o meu aluno soubesse com quem ele deveria estar naquela aula. Ao término da aula, ele passava a plaquinha para o outro lado, indicando que havia acabado uma aula.

Esta foi uma adaptação baseada no livro: *O grande rabanete*. Resolvi fazer a grande cenoura, pois acredito que ele não gostaria e talvez nem conhecesse rabanete.

Todos os dias era lida uma página e meu aluno era incentivado a contar a história. Ao término do processo, cerca de dois meses, ele já contava a história toda. A sala também participou do projeto, levei a turma para plantar cenoura e, como finalização, comprei cenouras com a rama, descasquei na frente deles e todos puderam experimentar.

Tenho outros materiais adaptados, como jogos e treinos que usei com meu aluno, que foram de grande eficácia. Com certeza, todo material não caberia nessas páginas. Só tenho a agradecer pela oportunidade de trabalhar com esses seres tão iluminados e apaixonantes.

Não existe uma receita pronta para atender os alunos com necessidades especiais, o importante é sabermos que todos são diferentes e que muitas vezes o que funciona com um não dá certo para outro. É imprescindível que nós, professores, busquemos várias formas para fazermos com que a aprendizagem aconteça. Lembrando sempre que todos podem aprender. Eu acredito no amor e na educação, por isso resolvi **amar e incluir**.

4

AUTISMO NA ADOLESCÊNCIA

Neste capítulo, os pais encontrarão algumas inspirações e formas de como tornar um adolescente com TEA independente para a vida cotidiana. Como ajudá-lo nessa transição da infância para a adolescência mesmo diante de necessidades e dificuldades? Quais são as expectativas e como prepará-lo para a fase adulta de maneira que consiga realizar as atividades do dia a dia dentro de vários ambientes, no desenvolvimento social e comunicativo, na independência das atividades de autocuidado e higiene? A cada fase do desenvolvimento, sempre temos novos desafios tanto para os adolescentes como para os pais de autistas.

ANA MONDIN

Ana Mondin

Contatos
ana.mondin01@gmail.com
Instagram: Psico.anamondin
11 9948 3894

Pedagoga graduada em Letras – Língua Portuguesa. Especialista em Neuropsicopedagogia e Psicopedagogia Institucional e Clínica. Intervenção ABA para Autismo e Deficiência Intelectual pela Universidade CBI of Miami. Psicomotricista pela Faculdade Rhema. Certificada pela Pg Saúde em Intervenção, baseada no modelo Denver, e pelo Instituto de Educação e Análise do Comportamento (IEAC) no protocolo VB-MAPP. Coautora de dois livros.

As crianças especiais, assim como as aves, são diferentes em seus voos.
Todas, no entanto, são iguais em seu direito de voar.
JESSICA DEL CARMEN PEREZ

Desde 1943, quando o Leo Kanner descreveu o autismo mostrando que os sintomas já eram evidentes desde a primeira infância, o assunto vem sendo estudado e pesquisado de forma a nos revelar diferentes perspectivas e denominações.

De acordo com o DSM-5 (Manual de Diagnóstico e Estatístico de Transtornos Mentas), o Autismo é caracterizado um Transtorno do Neurodesenvolvimento e, para fazermos o diagnóstico, nos baseamos em 3 (três) tipos de graus ou níveis.

Nível 1 – São aqueles que têm o funcionamento muito bom e que possuem características, sintomas e dificuldades do espectro, porém exigem pouco apoio.

Nível 2 – São aqueles que têm um pouco mais de dificuldade e precisam de apoio substancial para realizar as atividades.

Nível 3 – São aqueles que precisam de mais apoio, são os casos mais graves que, mesmo com terapias, são poucos funcionais e totalmente dependentes.

As diferenças de cada nível estão ligadas aos sintomas de cada indivíduo.

1. Interação Social
2. Linguagem e Comunicação
3. Padrões Repetitivos ou Esteriotipados

Não podemos esquecer que cada indivíduo é único e precisa ser avaliado por um bom profissional antes de se fazer um diagnóstico.

De acordo com o CDC (*Center of Diseases Control and Prevention*), no ano de 2022 foi feita uma pesquisa que mostrou que 1(uma) a cada 44(quarenta e quatro) crianças nascidas tem o Transtorno do Espectro Autista (TEA), isso nos mostra um grande crescimento nos diagnósticos. Nesses dados, estudos revelam que podemos ter até 70% (setenta por cento) desses autistas com déficits intelectuais, que dificultam ainda mais seu desenvolvimento. Diante disso, temos visto famílias com mudanças nas suas rotinas e até mesmo sofrendo emocionalmente com esses novos desafios. Buscam ajudam, procuram especialistas capacitados e, também, vão adquirindo conhecimentos para ajudar nas fases de desenvolvimento de seus filhos.

Os filhos vão crescendo e, a cada dia, nós, como pais, vamos criando expectativas e desejando cada vez mais que eles se tornem independentes e que conquistem seu trabalho, se casem, tenham filhos e sejam prósperos. De repente, chega a adolescência e nos perguntamos: "E agora o que fazer? Onde procurar ajuda?"

O que mais temos visto são especializações em crianças pequenas. Com a ajuda da intervenção precoce e, quanto mais cedo tiver o diagnóstico, será melhor para a criança. Mas e quando chega a adolescência, qual será o próximo desafio? E os adolescentes autistas, como reagem? Será que estão prontos para esta transformação? Por que de repente o caminho que teria que se abrir nesse momento se fecha?

O autismo na adolescência ainda é pouco estudado e poucos profissionais são especializados nesse público. Muitos estão se especializando na intervenção precoce e se esquecem de que essas crianças vão crescer e se tornarão adolescentes. E como elas serão preparadas para a questão profissional e independência se não forem trabalhadas as habilidades básicas já que as demandas nessa fase são mais altas?

A adolescência, de acordo com Minatel e Matsukura (2015), destaca-se:

> [...]sendo uma condição crônica, os desafios e demandas vivenciadas por esses indivíduos e familiares se modificam ao longo do tempo, podendo ter maior ou menor impacto a depender das possibilidades de desenvolvimento da pessoa com autismo e do seu grupo familiar, dos contextos em que estão inseridos e dos recursos e apoio disponíveis às famílias.

Nesse momento, podemos perceber que cada indivíduo será capaz de desenvolver novas habilidades de acordo com o acompanhamento que teve durante seu crescimento. Nem toda família consegue fazer todas as terapias necessárias e indicadas, normalmente por questões financeiras ou até mesmo por um planejamento de tempo e horários adequados para o tratamento. Quando uma criança autista passa para a fase da adolescência, segundo Klin (2006), há uma queda nas habilidades de linguagem e na sociabilidade, fazendo com que este adolescente comece a se sentir mais ansioso ou até deprimido por não conseguir se relacionar e fazer amizades com outros pares, e até mesmo para se envolver emocionalmente com alguém.

A adolescência é uma etapa muito complicada tanto na fase escolar, na sexualidade e na vida social e, para um autista que está vendo seus colegas evoluírem, fazendo escolhas e até mesmo namorando, fica mais difícil. Ele percebe seu corpo mudar e tem vontade de se inserir nesse novo ambiente, porém não consegue se encaixar fazendo com que se sinta deprimido e excluído do grupo.

É fundamental que esteja sendo acompanhado e fazendo tratamentos adequados para que essas questões se tornem cada vez mais fáceis na vida diária.

Os adolescentes de grau nível 3, que são mais severos, têm uma questão cognitiva diferente e precisam de muito suporte, pois não conseguem ser independentes, porém as mudanças no corpo acontecem como nos outros da mesma idade.

Como a fase sexual também se transforma, a masturbação nesses casos fica mais elevada, é necessária uma intervenção para trabalhar a adequação social fazendo com que haja um controle sobre esse comportamento. Também é necessário trabalho de independência funcional, como comer, se vestir, tomar banho sozinho, buscando sempre uma evolução.

A cada fase que a criança vai crescendo precisa adquirir habilidades diferentes e isso acontece também na adolescência em que as demandas acadêmicas e sociais ficam mais evidentes. Durante esse processo de amadurecimento, as demandas vão progredindo e passando para a autoconsciência, a identificação e o reconhecimento de novos desafios, orientação profissional e educacional.

Durante esse processo de amadurecimento, os pais desse adolescente autista são primordiais, pois é um período muito complicado e com muitas mudanças de hormônios, podendo aparecer momentos de agressividade e rebeldia potencializados.

As terapias são fundamentais para um bom desenvolvimento desse adolescente e devem ser feitas por uma equipe multidisciplinar composta por: analista do comportamento, terapeuta ocupacional, fonoaudiólogo, pedagogo, entre outros; para acompanhá-lo durante o desenvolvimento apenas fazendo alterações nas demandas específicas.

Nesses conflitos e mudanças na vida dos adolescentes, estão também os pais e como se sentem, no momento de descoberta e com o diagnóstico em mãos.

No primeiro momento vem a não aceitação, um sentimento de baixa autoestima, o estresse, a culpa e até mesmo uma crise no casamento. Estudos revelam que 80% dos casais que têm o diagnóstico fechado de autismo (TEA) nos filhos se divorciam. Isso é um número muito alto e que afeta integralmente no desenvolvimento dessa criança, que já tem dificuldades com mudanças e rotinas. Normalmente, a mãe acaba ficando com a responsabilidade de cuidar e manter a renda dessa família e, muitas vezes, não consegue garantir um tratamento adequado para o desenvolvimento dessa criança.

Chega o momento de fazer mudanças e buscar mais conhecimento para conseguir integrar esse adolescente no mundo e se tornar cada dia mais independente. Nesse universo, os pais são parte fundamental, muitas vezes são estimulados a fazerem atividades de socializar essas crianças para que evoluam, mas nunca param para pensar no que aquele adolescente gosta mesmo de fazer.

Existem adolescentes que são especialistas em artes, fazem pinturas extraordinárias e até se tornam grandes artistas; outros gostam de teatro, de tocar uma música, entre outras atividades; são envolvidos por assuntos que são interessantes para eles.

Um dos pontos que tenho visto são pais buscando incansavelmente por terapias diárias, que acabam fazendo com que o adolescente com TEA não tenha tempo para se expressar. Os pais devem estar atentos e conscientes de que cada autista é único e que cada um se desenvolve e tem interesses diferentes.

Esses pais precisam ser acolhidos e ajudados para que, quando esta criança cresça, consiga ser um adolescente capaz de vencer seus desafios e obstáculos, de expressar seus sentimentos e desenvolver mais habilidades.

Durante todo esse desenvolvimento, os pais devem buscar ajuda profissional para que possam falar sobre as questões e experiências que vivenciam, como também ajuda para superar suas tristezas e angústias.

A mãe deve estar bem segura e ligada ao seu filho de forma que os dois se conectem, só assim serão capazes de evoluírem juntos.

> As mães serão ajudadas se forem capazes de expressar suas angústias no momento em que as sentem. O ressentimento reprimido deteriora o amor que está subjacente a tudo. Uma palavra no momento certo concentra em si todo o ressentimento e o torna público, após o que volta a calma e enceta-se um novo período em que prosseguimos com o que estava sendo feito antes.
> (WINNICOTT,1993, p.88).

Os pais buscam explicações e formas para que seu filho cresça de maneira independente e tenha autonomia pela própria vida. Algumas pesquisas mostram que adolescentes autistas podem, com muita estimulação e suporte dos pais, viver independentemente criando a própria liberdade.

Para finalizar este texto, devemos sempre ter em mente a Lei Brasileira de Inclusão, também conhecida como Estatuto da Pessoa com Deficiência, a qual é um conjunto de normas que garantem os direitos e liberdades de pessoas com deficiência, visando a sua inclusão. Ainda estamos muito longe de uma inclusão eficaz, porém podemos estar cada vez mais atuantes na vida desses pais, ajudando a transformar a vida de cada adolescente.

Devemos valorizar as pequenas conquistas e mostrar que as pequenas coisas são de muito aprendizado. Quantas coisas o adolescente pode ensinar e quantas habilidades pode ter que consiga ajudar o outro, mostrando assim seus talentos. Os pais também devem sempre permitir a presença das crianças em escolas, pois são nas unidades que cada adolescente poderá ter uma vida social mais efetiva como também um grande desenvolvimento de outras áreas importantes para o seu crescimento.

> O ambiente desempenha, nesse estágio, o papel de imensa importância, a ponto de ser mais adequado, num relato descritivo, supor a continuidade da existência e do interesse do pai, da mãe, da família pelo adolescente. Muitas das dificuldades por que passam os adolescentes, e que muitas vezes requerem a intervenção de um profissional, derivam de más condições ambientais. (WINNICOT, 2005, p.117).

Diante dessas leituras, podemos perceber o quanto os pais de autistas adolescentes são importantes para o desenvolvimento e amadurecimento. Algumas pesquisas já mostram que autistas leves podem ter uma vida social e independente, conquistando seu espaço e tendo-o garantido, mostrando seus talentos e suas grandes habilidades.

Não devemos olhar para uma criança autista e acreditar que só tenha dificuldades e poucas habilidades, podemos ver nela o que há de melhor e capacitá-la para uma fase adulta de sucesso.

Referências

CUVERO, M. M. Qualidade de vida em cuidadores de crianças e adolescentes com autismo. *Unpublished master's dissertation*. Universidade Federal de Uberlândia, Uberlândia, MG, 2008. Disponível em: <https://www.metuia.ufscar.br/estado-da-arte/juventudes-aspectos-processos-e-representacoes-sociais/2008/mariza-matheus-cuvero.pdf/view>. Acesso em: 14 set. de 2022.

MINATEL, M. M.; MATSUKURA, T. S. Familiares de crianças e adolescentes com Austismo: percepções do contexto escolar. *Revista Educação Especial Santa Maria*, v. 28, n.52, pp. 429 – 442, 2015.

MINAYO, M. C. S.; GUALHANO, L. Autismo e sexualidade na adolescência. *SciElo em perspectiva*, 2001. Disponível em: <https://pressreleases.scielo.org/blog/2021/03/03/autismo-e-sexualidade-na-adolescencia/#.Yrmx3OzMJPY>. Acesso em: 14 set. de 2022.

RODRIGUES, A. R. J. de A. *O Autoconceito em jovens com Síndrome de Asperger*. Dissertação de mestrado. Universidade Católica Portuguesa. Braga. pp. 48-96, 2013.

5

O DIAGNÓSTICO DO CORAÇÃO DA MÃE ATÍPICA

Sou uma mulher branca de 41 anos, brasileira e duas vezes mãe atípica. Tenho curso superior completo e sou realizada profissionalmente, mas o desejo da maternidade sempre esteve presente em mim. Criei expectativas, muitos planos e tive sonhos, mas não somos nós que decidimos como será o roteiro do filme de nossas vidas.

ANDREA LORENA STRAVOGIANNIS E RENATA MARANSALDI

Andrea Lorena Stravogiannis

Contato
alorena.costa@gmail.com

Psicóloga, Doutora e Mestre pela Faculdade de Medicina da USP. Neuropsicóloga pelo Centro de Estudos em Psicologia da Saúde – CEPSIC; neuropsicóloga no Hospital Sírio-Libanês; supervisora e professora no curso de pós-graduação em Neuropsicologia no Hospital Israelita Albert Einstein. Coordenadora dos setores de pesquisa e tratamento do Amor Patológico e Ciúme Excessivo do Ambulatório Integrado dos Transtornos do Impulso (PRO-AMITI) do Instituto de Psiquiatria do Hospital das Clínicas da Faculdade de Medicina da USP (IPq-HC-FMUSP). Especialista em Terapia Cognitivo-Comportamental pelo Ambulatório de Ansiedade no IPq-HC-FMUSP. Especialista em Dependência Química pela Universidade Federal de São Paulo (UNIFESP).

Renata Maransaldi

www.renatamaransaldi.com.br
renatamaransaldi@gmail.com
Instagram: @psi_renatamaran

Formada em Magistério pelo Colégio São José (1999) e em Psicologia pela Universidade Católica de Santos (2004). Atua como psicóloga clínica e supervisora. Especialista em Terapias Cognitivas e Transtorno do Impulso pelo Instituto de Psiquiatria do Hospital das Clínicas da Faculdade de Medicina da USP (IPq-HC-FMUSP); e Terapia do Esquema pelo Instituto Wainer/ ISST – NY. Colaboradora do Ambulatório de Transtornos do Controle do Impulso do Instituto de Psiquiatria do Hospital das Clínicas de SP. Terapeuta certificada pela Federação Brasileira de Terapias Cognitivas – FBTC.

Vou compartilhar uma parte da minha história com vocês, e já posso adiantar que não foi nada fácil, mas antes vou me apresentar. Me chamo Renata Fernandes Maransaldi, sou psicóloga atuante há 17 anos, e mãe. Mãe Atípica. Vocês podem estar se perguntando: "como foi receber esse diagnóstico?", e eu adianto: foram dois! E podem ainda se questionar se comigo foi diferente pelo fato de eu ser psicóloga, ou até afirmar: "Ela tirou de letra; deve ter visto muitos casos; tem experiência". Pois bem, então prestem muita atenção no que escrevo agora: quem recebeu os diagnósticos dos meus filhos fui eu como mãe, a psicóloga se calou.

Aos 33 anos de idade, após 7 anos de casada, eu fiquei grávida pela primeira vez depois de quase 3 anos de tentativas. Meu marido e eu ficamos radiantes, assim como nossa família e amigos. Nosso primeiro e tão amado filho chegaria. Que maravilha!

A gestação foi tranquila, exceto pela injeção aplicada diariamente devido a uma mutação genética da protrombina, que pode acarretar uma trombose. O nascimento de Miguel estava previsto para final de maio, mas como é apressado resolveu nascer com 35 semanas de gestação.

Era uma sexta-feira como outra qualquer, portanto mantive minha rotina. Fazia hidroginástica em uma academia a minutos da minha casa, mas naquela sexta-feira parecia que ficava a horas de distância. Voltei, assisti a um pouco de TV e, por volta da hora do almoço, minha bolsa estourou. O resto vocês já imaginam. Miguel veio ao mundo. O parto foi cesárea e sem nenhuma intercorrência.

O tempo passou e eu estava muito tranquila até perceber que havia algo estranho com meu filho. Ainda bebê, não fazia contato visual, não falava como as outras crianças que tinham o mesmo tempo de vida e, ainda que estimulado, não respondia como o esperado. Percebi também que fazia movimentos repetitivos, encaixava e desencaixava incontáveis vezes peças grandes de jogos de encaixe, colocava brinquedos dentro de caixas ou vasos por muito tempo e, se deixasse, ficava concentrado horas a fio em frente à TV. Se assustava com frequência e chorava facilmente, inclusive em festas de aniversário, principalmente na hora de cantar o "parabéns a você". O pediatra dele dizia que cada criança tem seu próprio desenvolvimento. Quem é mãe sabe como essa frase é repetida por eles.

Algumas pessoas diziam que ele era antissocial, e essas mesmas pessoas, assim como muitas outras me julgaram quando eu falei que tinha algo errado com meu filho. Ouvi frases como "você não acostuma seu filho nas festinhas, ele chora demais; ele não tem nada, é coisa da sua cabeça; quando ele entrar na escola, ele vai falar, você vai ver; você trabalha com isso e acaba vendo coisa que não tem no menino; ele ainda não anda porque só usa essas meias antiderrapantes; você não coloca tênis nele", mas coração de mãe não fala, ele grita.

Por isso, conversei com uma amiga muito querida, psicóloga e neuropsicóloga. Foi a primeira profissional que procurei. Disse-lhe que os comportamentos dele, observados durante um bom tempo por mim e meu marido, eram diferentes. Lembro que falei: "Eu acho que o Miguel é autista, o que eu faço?". Ela me indicou uma fonoaudióloga.

Com um ano e dez meses, Miguel foi matriculado e passou a frequentar a escola. Seguindo o conselho de pessoas mais próximas, resolvi esperar o primeiro semestre para ver como seria o seu desenvolvimento. Antes que terminasse o prazo de seis meses, a fonoaudióloga da escola me chamou para conversarmos sobre a fala do meu filho. A equipe pedagógica estava ciente sobre minha suspeita diagnóstica em relação a ele.

Como eu já estava grávida do meu segundo filho, previsto para nascer em outubro, e precisava ficar de repouso por orientação médica, resolvi esperar as férias escolares para ter mais disposição e tempo de buscar um diagnóstico. Então, Miguel passou pela avaliação com a fonoaudióloga que o encaminhou a uma neuropediatra. Nesse período, Henrique nasceu e já estava com três meses, pois um diagnóstico não é fechado do dia para a noite.

Fomos à consulta com a neuropediatra e a mesma, com o laudo em mãos, disparou: "Ele é autista". Naquele exato momento, eu senti um soco no estômago, literalmente. Comecei a chorar, minhas suspeitas se concretizavam ali. E ela continuou: "Tem outros autistas na família? - Não, eu respondo. - E algum caso de esquizofrenia?".

Perdi meu chão e indaguei se o fato dele ter autismo tinha alguma relação ou poderia levar ao quadro de esquizofrenia. Estava confusa e atordoada com tantas informações e perguntas, tudo o que eu queria e precisava era ser acolhida após receber essa notícia de maneira tão dura. Eu tinha uma bomba em minhas mãos. Saí de lá arrasada, assustada, mutilada e frustrada pela falta de empatia.

Ali começava meu luto, porque, sim, é um luto. Sonhos que morrem, planos que não podem se concretizar. Ali eu enterrava todas as expectativas que criei em relação ao Miguel, antes mesmo dele vir ao mundo. Vivi um misto de emoções muito forte e difícil. Era um baque. Uns sentimentos morriam e outros surgiam. Nasciam preocupações, dúvidas, angústias, questionamentos (o que eu faço agora?; Por que comigo?; O que será do meu filho?; Será que eu darei conta?). Mas, com o diagnóstico concretizado, nós precisávamos agir; e assim foi. Foram iniciados tratamentos com psicóloga e fonoaudióloga visando um melhor desenvolvimento para Miguel.

Quando descobri minha segunda gestação, tive novamente um turbilhão de sentimentos dentro de mim. Será que aquele era o momento certo? Há um ano eu sofrera um problema sério na coluna e precisei operar, por várias vezes eu achava que não era a hora de estar grávida. Miguel ocupava a maior parte do meu tempo também, e não sabia se daria conta. Mas, com o tempo, as dúvidas foram dando lugar ao prazer de ter outro filho que, aliás, sempre foi o nosso desejo.

A gestação do Henrique foi bem parecida com a do Miguel, também tomava as injeções para evitar trombose, porém precisei fazer repouso devido à cirurgia na coluna citada anteriormente. Certo dia, já com 34 semanas de gestação, comecei a sentir fortes dores na barriga, pensei que passariam, mas permaneceram o dia inteiro. Liguei para a minha médica para saber se eram gases ou algo do tipo, e o que eu deveria tomar. No entanto, ela me orientou a ir ao hospital para averiguar a causa das dores. Deixei Miguel com a minha tia, chamei um táxi e fui sozinha, pois meu marido estava em uma viagem de negócios. Chegando lá, para a minha surpresa, não eram gases ou dores estomacais, eram contrações. As enfermeiras entraram em contato com a minha médica e eu precisei internar para ficar em observação, pois as dores poderiam piorar durante a madrugada. Continuei de repouso por 5 dias e sendo medicada, pois os pulmões do bebê precisavam ser fortalecidos. Quando a médica me deu alta, ela recomendou repouso absoluto para conseguir manter o bebê o máximo de tempo em mim.

Henrique nasceu numa terça-feira, com 38 semanas, como havíamos planejado. Um parto lindo e emocionante, que eu tive o privilégio de assistir, pois minha médica atendeu ao pedido que fiz e tirou o pano que me cobria para que eu pudesse olhar tudo. Foi incrível vê-lo saindo de dentro de mim. E mesmo sendo uma cesárea, a sensação era de parto normal de tão mágico que foi. Meu marido, ao meu lado, registrou tudo por vídeos e fotos. Depois veio a tão sonhada amamentação, e ele aprendeu rápido, era um desejo muito latente já que não consegui amamentar Miguel. Porém, na quinta-feira, dois dias após seu nascimento, Henrique engasgou com a própria saliva; levaram-no à UTI para uma lavagem. Disseram que ele engasgara com o líquido do parto, pois já não se faz mais o procedimento de aspirar a criança ao nascer, e isso pode acontecer. Eu tive alta médica sexta-feira, mas Henrique permaneceria internado, em observação e sendo estimulado pela fonoaudióloga a sugar, pois se alimentaria por mamadeira.

Foi uma das piores sensações que eu já passei na vida, sair do hospital, após colocar meu filho no mundo, sem ele em meus braços. Chegar em casa sem tê-lo em meu colo, foi um vazio imenso. No dia seguinte, logo pela manhã, estava eu de prontidão no hospital, para ficar o máximo de tempo possível perto do meu filho. Tirava leite para que dessem a ele e ficava horas ali. No outro dia a mesma coisa, até que segunda-feira a enfermeira me disse: "Ele está de alta! Mas tome cuidado e preste atenção, pois ele não pode deitar nem para dormir, pois pode engasgar".

Fui da alegria ao espanto numa fração de segundos e disse: "Não é melhor que ele fique aqui em observação, então? Até ele melhorar? Como vou levar para casa um bebê que não pode deitar?" Saí de lá desesperada, cheguei em casa do mesmo jeito, e foi assim que eu liguei para a minha médica perguntando o que fazer. Então, contratei uma obstetriz para me auxiliar a amamentá-lo sentado, e ele aprendeu muito rápido, para o meu alívio.

Paramos a amamentação aos dois meses, pois voltei a tomar o remédio para a dor na coluna, mas como ele estava acostumado com mamadeira, foi tranquilo. Era um bebê esperto, sorridente, dormia a noite inteira, mas sofria de constipação. O pediatra dizia ser normal alguns bebês sofrerem com isso, mas eu e meu marido não achávamos tão normal assim, achávamos que tinha algo estranho ali. Uma noite, Henrique pareceu que perdera o ar, segundos que pareceram uma eternidade, até que ele voltou a respirar normalmente. Desde que saiu da maternidade, ele dormia comigo. Primeiro num Moisés; depois, no carrinho; logo, compramos um bercinho reclinável. Ele dormia praticamente sentado, e eu praticamente não dormia. Por quase um ano, qualquer barulho que ele fizesse eu acordava para ver se estava tudo bem. Eu vivia em estado de alerta.

Henrique tinha 3 meses quando tivemos o diagnóstico do Miguel, e um mês depois comecei a estranhar alguns comportamentos nele. Não gostava de ficar de bruços, chorava muito pois se irritava, mas não rolava para sair daquela posição. No mês seguinte, colocava-o sentado, mas não tinha firmeza no corpinho e logo tombava. Em todas as consultas eu apontava essas questões ao pediatra, que insistia em falar: "Cada criança tem seu tempo de desenvolvimento - e agora completava com - Você está muito impressionada com o diagnóstico do Miguel, fique tranquila, Henrique não é autista".

Eu dizia que compreendia que Henrique não era autista, mas que ele tinha algo, só não sabia o quê. Era isso todos os meses, até que no sétimo mês de vida do meu filho, dei um basta e fui procurar uma neuropediatra que investigou a fundo para saber o que ele tinha. Fez vários exames. Por vezes, Henrique era submetido a coletar sangue mais de uma vez por mês. Levei-o a um geneticista, que passou uma bateria de exames, não descobrimos nada.

Henrique completou um aninho e eu estava devastada e muito angustiada, pois via que meu filho tinha algo, nem eu nem os médicos fazíamos ideia do que poderia ser. Nessa época, ele já fazia as sessões de fisioterapia em casa. Meu marido chegava em casa todos os dias com um suposto diagnóstico. Cada dia ele achava que Henrique tinha uma síndrome ou doença diferente e, de certo modo, todas faziam sentido.

Por outro lado, me causava uma preocupação enorme tantos sintomas que me assustavam, eu ficava sem comer, sem dormir achando que meu filho morreria. Decidi levá-lo a uma fisioterapeuta especialista, essa em questão trabalha na AACD, e começou um acompanhamento domiciliar com o Henrique. Ela nos apresentou alguns recursos e me mostrou um aparelho chamado parapodium, dizendo que seria bom, pois assim conseguiria ficar em pé e faria um trabalho de descarga de peso.

Eu fiquei apavorada ao ver a imagem daquele aparelho. Comecei a chorar e perguntar: "O que você acha que ele tem para ter que usar isso? Ele vai ter que usar isso para andar? O que o meu filho tem?". Ela me acalmou dizendo que não precisávamos daquilo naquele momento e aconselhou que eu o levasse a outro neuropediatra.

Pesquisei muito, conversei com algumas pessoas buscando indicações, pois eu queria o melhor neuropediatra de São Paulo para resolver de uma vez por todas essa questão. Escolhi e agendei uma consulta para meados de janeiro com um neuropediatra e geneticista. Já não aguentava mais viver aquela angústia. Só tive coragem de dizer ao meu marido sobre a consulta na semana entre o Natal e Ano Novo. Era impossível encarar mais um ano com aquela dúvida pairando sobre minha cabeça. Ele concordou e, no dia marcado, estávamos lá.

O médico, muito atencioso, já na sala de espera de seu consultório, veio nos recepcionar e observar meu filho, pegou em sua mãozinha e nos fez várias perguntas. Foram duas horas de consulta. Questionou se ele era constipado, dissemos que sim, se tinha hiperventilação, a resposta foi a mesma. Tudo o que ele perguntava, meu filho tinha e eu só conseguia pensar: "ele sabe o que o meu filho tem, ele sabe! Ele vai saber me dar o diagnóstico do Henrique!". Sentia-me cada vez mais aliviada por estar ali.

Depois de examinar muito meu filho, ele disse: "Bem, para mim, ou ele tem Pitt Hopkins, ou Mowat Wilson". Nós nunca tínhamos ouvido falar em nenhuma das duas, nem em nossas pesquisas diárias pela internet. E continuou: "O teste genético que Henrique fará é específico para essas duas síndromes, já é feito no Brasil, eu indico um laboratório. Em um mês fica pronto", e eu só consegui dizer: "Nossa, que maravilha!"

Foi o mês mais longo da minha vida. Henrique completaria 1 ano e 3 meses. Agendamos o retorno e veio o diagnóstico: Pitt Hopkins. O médico nos disse que é uma síndrome raríssima, com apenas 8 casos diagnosticados no Brasil e 500 no mundo, até então. Hoje somos 43 famílias com casos diagnosticados de Pitt Hopkins no Brasil, Henrique foi o 9º.

Exatamente um ano após descobrirmos o diagnóstico do Miguel, veio o do meu caçula. O modo com que encarei ao receber o laudo, dessa vez, foi diferente. Não fiquei desesperada, e sim aliviada. Foi libertador. Finalmente eu sabia o que o meu filho tinha. Finalmente eu saberia o que fazer, quem procurar, quais tratamentos buscar, o que ele poderia vir a ter. Eu tinha um norte, saberia como enfrentar o que viesse pela frente, assim que me aprofundasse no assunto. Enfim, a dúvida que me consumia havia chegado ao fim.

Mas se engana quem pensa que eu também não sofri um luto, quem acha que expectativas ali não foram destruídas, pois meu coração de mãe, no fundo chorava, só que dessa vez de outra maneira. De certo modo, quando Henrique nasceu, meus desejos para com ele eram outros e eu nem me dava conta. De fato, eu não criara as mesmas expectativas como com Miguel por ser o primeiro filho, mas elas estavam lá sim.

Lembro que, quando o Henrique nasceu, eu fiquei muito feliz, não só pelo seu nascimento, que já era motivo de felicidade absoluta, mas também pelo fato de ser um companheiro para o irmão. Após 3 meses de seu nascimento, veio o alívio de saber que alguém cuidaria do meu Miguel quando eu lhe faltasse. Sempre que o ninava e cantava para ele dormir, eu agradecia a ele por ter nascido e a Deus, por ter me concedido um filho que estaria com o irmão e olharia por ele. Pois é, ninguém explica o coração de uma mãe.

Mas voltemos ao dia do diagnóstico.

O médico me explicou, sem muitos detalhes, acerca da tal Síndrome de Pitt Hopkins, mas disse que já tinha uma paciente com este caso, inclusive era filha de um médico, que saberia me explicar melhor sobre o assunto. Me passou o contato para que eu pudesse falar com essa família. Lembro que a primeira coisa que fiz, chegando em casa, foi discar aquele número de telefone para falar com aquela mãe, que sabia exatamente como eu me sentia. Conversamos muito, ela me explicou com detalhes o que era a síndrome de Pitt Hopkins, indicou grupo de WhatsApp onde pude ter contato com as outras famílias.

Foi e é extremamente importante para mim ter essas pessoas com quem falar, desabafar, compartilhar sentimentos, situações, ajudar e ser ajudada. Mais uma vez, percebi quão fundamental é ter uma Rede de Apoio. Ela também passou os contatos dos profissionais pelos quais a filha dela havia passado, para que eu pudesse ser bem amparada e direcionada.

Pesquisei muito sobre essa síndrome, quis saber tudo sobre o assunto e foi assim que mergulhei ainda mais no mundo atípico. Henrique já frequentava a escola, mas naquele momento precisou iniciar seus tratamentos: fonoaudiologia, T.O. (Terapia Ocupacional) e fisioterapia. Nesse período tivemos que mudar de endereço. Fomos para um apartamento no centro, mais próximo aos lugares que levávamos Henrique, assim, facilitamos a nossa locomoção e a vida de nossos filhos. Compramos o tal parapodium; depois, outro. Foram muitos os processos que passamos com ele, mas o mais difícil até então foi a transição do carrinho para a cadeira de rodas, não para ele, mas para a família. Eles se assustaram com este fato, tanto quanto eu, quando vi um parapodium pela primeira vez, afinal uma cadeira de rodas envolve muitas questões. Foi difícil convencê-los de que a perspectiva de mundo para o Henrique seria completamente diferente com essa mudança. Que era melhor para ele sair de um carrinho fechado e ter a liberdade de ver tudo de outro ângulo. Conseguimos e foi gratificante ver a alegria nos olhos do meu pequeno. Ele adorou! Era nítida a diferença que fez para ele essa mudança.

O tempo passou, compramos um andador, estimulamos e trabalhamos com ele treinos de marcha. Em agosto de 2019, ele voltou a frequentar a escola, ficou até dezembro, pelas férias escolares. Voltou em fevereiro. Em março, devido à pandemia, começaram as aulas on-line. Eu o acompanhava, ele prestava muita atenção e fazíamos as atividades propostas. Tivemos que nos adaptar e fazer tudo em casa.

Meu marido e eu fazíamos com ele a fisioterapia on-line, adaptando os aparelhos com objetos que tínhamos em casa, seguindo os passos e as recomendações da terapeuta que ficava conosco on-line, nos auxiliando nos exercícios que aplicávamos nele. A fonoaudióloga, infelizmente não tinha como dar continuidade por ser on-line, então tivemos que parar um tempo. A Terapia Ocupacional era duas vezes por semana, e eu seguia exatamente o que ela falava para ser feito, por meio do computador em tempo real. E assim foi, durante a pandemia, com nossos profissionais atrás de uma telinha, eles orientavam e nós aplicávamos.

Foram dois anos difíceis para todos, extremamente desgastantes, pois continuávamos com nossos trabalhos e duas crianças em casa que, além das aulas on-line, tinham seus tratamentos também on-line, mas me sinto privilegiada por poder conciliar o trabalho e acompanhar tudo de perto. Ver a evolução deles de pertinho foi gratificante para mim. Em 2021, fomos retomando os tratamentos presenciais e, em 2022, ele iniciou um novo tratamento com a fonoaudióloga, continua com a fisioterapia e a terapeuta ocupacional, foi matriculado em uma nova escola e sua evolução é visível a cada dia.

Eu posso dizer, com a mais absoluta certeza, que por meio dos meus filhos eu vejo o mundo de outra forma. Com eles, amadureci e muito. Sou uma pessoa melhor, uma mulher mais evoluída, um ser humano muito mais grato e uma mãe realizada e extremamente feliz com os dois presentes que me foram dados. Com eles, entendi que o amor vai muito além de um "eu te amo". Eu aprendi a escutar com os olhos, a sentir com os ouvidos, a falar com sorrisos e a enxergar com o coração. Compreendi que o toque é a demonstração mais pura e sincera de carinho.

Quando eles nasceram, nasceu também uma nova e completamente diferente Renata. Uma Renata que precisava colocar um freio nas mil e uma atividades que gostaria de fazer. Uma Renata que não lamenta, mas procura soluções e ser melhor a cada dia por eles. São apenas 8 anos de muita aprendizagem, e ainda tenho muito a aprender. E posso garantir que eu tenho os melhores professores do mundo.

A maternidade mudou a minha vida. A maternidade atípica me deu vida nova.

Em tempo: a síndrome de Pitt Hopkins (PTHS) é uma síndrome rara do neurodesenvolvimento provocada por uma alteração no gene TCF4, usualmente associada ao atraso neuropsicomotor, crises convulsivas, distúrbios respiratórios, deficiência intelectual e disformias faciais. Pode apresentar pouca ou nenhuma fala. Problemas digestivos, particularmente constipação, estão associados a este quadro.

Crianças e adultos com PTHS geralmente apresentam padrões de respiração irregulares. Esses podem ser respiração rápida (hiperventilação) ou uma pausa na respiração antes de começar novamente (apneia).

Problemas de visão são comuns, com cerca de dois terços das crianças com PTHS precisando de óculos, muitas vezes, antes dos dois anos de idade. Os problemas de visão mais comuns são miopia, estrabismo e movimentos rápidos laterais dos olhos. Em relação à audição, cerca de um décimo das crianças com PTHS tem perda auditiva. A sensibilidade à dor também pode ser alterada, algumas crianças podem ficar mais incomodadas por um pequeno arranhão ou corte do que dor após uma cirurgia, outros mostram menos dor em geral.

Na maioria dos casos, a síndrome é provocada por uma mudança no gene TCF4 que aconteceu pela primeira vez naquela criança, e não hereditária. Alterações no gene TCF4 podem causar PTHS, mas também podem causar outras síndromes que estão ligadas a deficiências de aprendizagem. Este último grupo de crianças e adultos não deve ser rotulado como tendo PTHS. (Fonte: https://pitthopkins.org.uk/pitt-hopkins-guidelines/).

Referências

HOPKINS, P. *Pitt-Hopkins syndrome guidelines.* Disponível em: <https://pitthopkins.org.uk/pitt-hopkins-guidelines/>. Acesso em: 14 set. de 2022.

6

A EFICÁCIA DA TERAPIA BASEADA NO LEGO (LEGO® *THERAPY*)

Este capítulo tem como finalidade explanar sobre o uso e benefícios da Terapia Baseada no Lego em crianças diagnosticadas com o Transtorno do Espectro Autista.

ANDREA LORENA STRAVOGIANNIS,
ANA BEATRIZ SAHIUM SÁ FERREIRA
E DÉBORA HAUPENTHAL

Andrea Lorena Stravogiannis

Contato
alorena.costa@gmail.com

Psicóloga, Doutora e Mestre pela Faculdade de Medicina da USP (FMUSP). Neuropsicóloga pelo Centro de Estudos em Psicologia da Saúde – CEPSIC; neuropsicóloga no Hospital Sírio-Libanês; supervisora e professora no curso de pós-graduação em Neuropsicologia no Hospital Israelita Albert Einstein. Coordenadora dos setores de pesquisa e tratamento do Amor Patológico e Ciúme Excessivo do Ambulatório Integrado dos Transtornos do Impulso (PRO-AMITI) do Instituto de Psiquiatria do Hospital das Clínicas da Faculdade de Medicina da USP (IPq-HC-FMUSP). Especialista em Terapia Cognitivo-Comportamental pelo Ambulatório de Ansiedade no IPq-HC-FMUSP. Especialista em Dependência Química pela Universidade Federal de São Paulo (UNIFESP).

Ana Beatriz Sahium Sá Ferreira

Contato
anabsahium@gmail.com

Psicóloga Clínica pela Pontifícia Universidade Católica de Goiás (PUC-GO). Neuropsicóloga pelo Hospital Israelita Albert Einstein. Formação em Terapia Cognitivo-Comportamental pelo Comportalmente. Experiência em estimulação precoce, atendimento e acompanhamento de crianças com desenvolvimento típico e atípico. Antes de iniciar o trabalho na clínica, atuou em um Hospital de Saúde Mental, realizando atendimento aos pacientes internados para o tratamento de Transtorno Bipolar e Esquizofrenia. Atualmente atua em dois consultórios particulares na cidade de Goiânia/GO, com atendimento psicoterapêutico e avaliação neuropsicológica para crianças e adolescentes.

Débora Haupenthal

Contato
deborah.neuropsi@gmail.com

Graduada em Psicologia pela Universidade de Passo Fundo. Especialista em Psicopedagogia pela URI – Erechim/RS; especialista em Processos Pedagógicos da Educação Básica pela UFFS/RS. Formação em Dinâmica de Grupo pela SBDG. Fez parte da equipe de idealização e criação do CEAPPI (Centro de Estudo e Acompanhamento Psicológico e Psicopedagógico Integrado) da URI – Erechim, no qual atuou como psicóloga (1997-2018). Tem experiência docente em nível médio, técnico e graduação em disciplinas relacionadas à Psicologia da Educação, Psicologia da Aprendizagem, Intervenções Institucionais e Organizacionais, Psicologia e Saúde Coletiva, Psicologia Institucional, Psicologia Social e Psicologia Aplicada à Administração. Atuou como supervisora de estágio em psicologia nas áreas social e institucional por 18 anos. Pós-graduada em Neuropsicologia pelo Hospital Israelita Albert Einstein. Atua em consultório particular em Erechim/RS.

O Transtorno do Espectro Autista (TEA) é um transtorno do neurodesenvolvimento e engloba diferentes tipos de apresentação. Para os critérios diagnósticos, a DSM-V (APA, 2014) propõe dois grupos de sintomas característicos, sendo déficits persistentes na comunicação e na interação social em múltiplos contextos e a presença de padrão de comportamentos repetitivos e estereotipados.

Dentre os comprometimentos presentes no TEA, as dificuldades na comunicação social devido à falta de espontaneidade e reciprocidade, o pouco uso de gestos, a pouca habilidade de sustentar a atenção no outro, dentre outros geram prejuízos e são apontados como uma das principais dificuldades do autista (*Diagnostic and Statistical Manual of Mental Disorders, Fifth Edition* (DSM-V) Arlington, VA: American Psychiatric Association, 2013).

Os especificadores de gravidade para o TEA são divididos em três níveis conforme a necessidade de apoio que exigem, nos âmbitos da socialização, comunicação/linguagem e comportamento. Assim, conclui-se que o TEA gira em torno de prejuízos de adaptação e relação, com dificuldades na interação, socialização e comunicação social e adaptação comportamental (*Diagnostic and Statistical Manual of Mental Disorders, Fifth Edition* (DSM-V). Arlington, VA: American Psychiatric Association, 2013).

Portanto, intervenções que estimulem as interações sociais, que minimizem os problemas de comunicação e os comportamentos estereotipados são de extrema importância. Nesse contexto, a terapia desenvolvida pelo neuropsicólogo Daniel LeGoff, intitulada como Lego® *Therapy* ou Terapia com Lego, vem auxiliar nessa lacuna.

A Terapia Baseada no Lego® é uma proposta terapêutica e tem como objetivo melhorar as interações sociais e desenvolver ações interativas. Segundo artigo de revisão (LINDSAY *et al.*, 2017) que estudou 15 artigos envolvendo 293 participantes, 14 estudos apontam pelo menos uma melhora nas habilidades sociais e de comunicação após a Lego® *Therapy*.

Pode ser aplicada tanto individualmente, quanto em grupo, em crianças ou adolescentes com TEA e outras dificuldades de relacionamentos sociais. Este modelo de terapia é baseada em feedbacks personalizados e para atingir os objetivos de cada sujeito, os feedbacks são realizados durante ou após a brincadeira. Quando realizada em grupo, cada componente apoia o outro no desenvolvimento das habilidades sociais e de comunicação. Há um cronograma das atividades que serão realizadas e, por fim, a terapia envolve primordialmente um trabalho colaborativo, com interdependência, criando ambiente propício para compartilhar objetivos e respeito (NARZISI *et al.*, 2021; WANG *et al.*, 2022).

A sessão, geralmente, envolve três participantes e cada um desempenha um papel específico: fornecedor, construtor e engenheiro. O papel do fornecedor é localizar as peças de acordo com as instruções do engenheiro, o qual é responsável por interpretar e determinar quais peças são necessárias em cada etapa da montagem. Já o construtor é responsável pela montagem das peças seguindo as instruções também determinadas pelo engenheiro (NARZISI *et al.*, 2021; WANG *et al.*, 2022).

Por meio do brincar, ocorrem a aprendizagem e o desenvolvimento de habilidades cruciais para crianças e adolescentes com TEA, tais como atenção conjunta, compartilhamento, comunicação e resolução de problemas em grupo. As regras e recompensas do grupo são usadas para promover a motivação e o engajamento nas interações sociais (WANG *et al.*, 2022).

Experiência no âmbito familiar

Uma das grandes vantagens da aplicação da Terapia Baseada no Lego®, é a possibilidade dela poder ser aplicada por familiares. Muitas vezes, o cuidador dirigente também pode ser o principal meio para a aprendizagem social comunicativa (PECKETT *et al.*, 2016).

Em estudo realizado com mães de crianças diagnosticadas com autismo, com média de idade de10 anos, as quais foram acompanhadas por seis semanas, encontrou resultados muito satisfatórios sobre a aplicação deste tipo de terapia. As mães relataram melhora significativa no estilo de comunicação com as crianças: as mães passaram a realizar uma comunicação mais simples e clara (Peckett *et al.*, 2016).

Outras mães relataram a melhora da comunicação da relação entre pais e filhos, visto que eles puderam desenvolver novas formas de interação. Ainda, a família pôde perceber que, podem passar juntos tempo de qualidade. Além disso, os irmãos das crianças autistas também foram capazes de interagir na brincadeira, proporcionando maior entendimento sobre o transtorno para eles e melhora da relação entre os irmãos. Entretanto, o estudo ressalta que este tipo de intervenção em casa pode não funcionar caso a estrutura familiar seja caótica ou quando a criança atípica apresenta dificuldades muito graves. Para tentar sanar este problema, pode-se pensar na possibilidade de realizar grupos com esses pais com o intuito de se sentirem mais acolhidos, para então, darem início a terapia em casa (PECKETT *et al.*, 2016).

Experiência clínica

Em nossa experiência usando a Terapia Baseada no Lego®, temos observado grandes ganhos e desenvolvimento das crianças, principalmente com relação às habilidades sociais e à generalização dos comportamentos aprendidos em sessão para outros contextos.

Na Terapia Lego®, existem regras a serem seguidas no momento e ambiente da intervenção, regras essas que são necessárias para criar um ambiente seguro, bom contato com os participantes e para promoção da autorregulação e autocontrole. É importante pontuar que, para a participação no grupo, a criança já precisa ter o comportamento verbal desenvolvido para maior compreensão das regras. (LEGOFF *et al.*, 2014).

As regras são expostas para os participantes no primeiro contato do grupo. Elas precisam estar visíveis ao grupo para que os participantes percebam quando alguma não é obedecida e possam também monitorar os comportamentos dos outros colegas, reforçando as habilidades sociais. (OWENS *et al*, 2008).

As regras para a Terapia Lego® são:

> 1. Construir juntos.
> 2. Se quebrar, você tem que concertar ou pedir ajuda para concertar.
> 3. Se alguém está usando algo, não pegar, perguntar primeiro.
> 4. Falar baixo e não gritar.
> 5. Mantenha as mãos e pés perto do seu corpo.
> 6. Use palavras gentis.
> 7. Limpe e coloque os materiais onde estavam.
> 8. Não colocar as peças na boca.

É uma terapia dividida em cinco níveis, nos quais cada um prevê a utilização de habilidades específicas, trabalhando cada uma dessas atividades com as crianças de diversas idades e adolescentes, visto que brincar com peças de montar faz parte do nosso cotidiano. Quando motivadas para usarem como tarefa de casa, as famílias têm aceitado de forma extremamente positiva. Além disso, o material necessário para utilização tem custo acessível e são objetos duradouros. (LEGOFF & SHERMAN, 2006).

Com as diversas peças disponíveis, é possível planejar diferentes tipos de sessões e objetivos para cada paciente, sendo tanto objetivos individuais como objetivos grupais, visando aos pontos principais desse modelo terapêutico. As pesquisas mostram que os efeitos da Terapia Lego® não se estendem somente para crianças com o Transtorno do Espectro Autista, mas também para os adultos, pais e responsáveis por essas crianças, para os adultos com o mesmo diagnóstico, no treinamento Mindfulness e para os transtornos de ansiedade. (OWENS et al., 2008).

Como a Terapia Lego® pode sair do convencional e promover diferentes experiências e aprendizado para a criança no espectro? O Lego® chega para promover e motivar o trabalho em equipe, e o fato da sua extensão para o ambiente familiar. A Terapia Lego é abrangente, mas se adapta a cada objetivo específico da criança, assim, dentro de um grupo e com o material Lego®, o terapeuta consegue determinar os objetivos específicos de cada criança presente ali no grupo, trabalhando em conjunto com objetivos específicos e toda a parte importante da interação social.

Dessa forma, com os objetivos predeterminados pelo terapeuta, a Terapia Lego® é facilmente estendida para o ambiente familiar, onde a família continuará a estimulação da criança sabendo os passos a seguir e quais os objetivos esperados.

Utilização em outros contextos e transtornos

Apesar de as crianças com Transtorno de Déficit de Atenção/Hiperatividade (TDAH) substancialmente apresentarem diferenças nas dificuldades de interação social, a Terapia Baseada no Lego® tem se mostrado promissa para o tratamento dessa patologia, visto que é estruturada e possui intervenções motivacionais com oportunidade de trabalhar controle inibitório (BOYLAN, 2019).

Esse tipo de terapia também pode ser associada ao Mindfulness, gerando melhora dos sintomas do autismo. (ALBEHBAHANI et al., 2021).

Considerações finais

A revisão da literatura realizada por Narzisi et al. (2021) concluiu que este tipo de terapia é altamente eficaz no desenvolvimento de habilidades sociais, melhorando o distanciamento entre pares, diminuindo a rigidez comportamental, aprimorando as habilidades verbais e as relações familiares. Outra vantagem da Terapia Baseada no Lego® é que ela pode ser usada na clínica terapêutica, em casa e na escola. Além disso, essa terapia é mais econômica financeiramente, visto que pode ser utilizada em grupo e nas escolas (WANG et al., 2022).

Os resultados obtidos por meio desse tratamento também se mostraram duradouros – por pelo menos três anos sem intervenção – tanto em crianças com TEA quanto aquelas diagnosticadas como Asperger. (LEGOFF & SHERMAN, 2006).

Referências

ALBEHBAHANI, M.; KEYKHOSRAVANI, M.; AMINI, N.; NARIMANI, M.; JAMEI, B. A. *A comparison of the effectiveness of interventions based on mindfulness for mothers and legotherapy training on the symptoms of autism disorder in children*. 2021; 20 (97) :103-112.

ASSOCIAÇÃO PSIQUIÁTRICA AMERICANA. *Manual estatístico e diagnóstico dos transtornos mentais*, 5. ed. DSM – 5. Porto Alegre: Artmed; 2014.

BOYLAN, E. G. *An exploration of interventions for children with attention difficulties*. Tese de doutorado; Universidade de Manchester, 2019.

LEGOFF, D. B.; CUESTA, G. G.; KRAUSS, G. W.; BARON-COHEN, S. LEGO® - *Based therapy - how to build social competence through LEGO® - based clubs for children with autism and related conditions*. New Jersey/London: Jessica Kingsley, 2014.

LEGOFF, D. B.; KRAUSS, G. W.; LEVIN, A. S. LEGO(r) - Based play therapy for autistic spectrum children. In: Drewes AA, Schaefer CE. *School-Based Play Therapy*. 2. ed. New Jersey/London: Jessica Kingsley, 2014.

LEGOFF, D. B.; SHERMAN, M. Long-term outcome of social skills intervention based on interactive LEGO© play. *Autism*. 2006 Jul;10(4):317-29.

LINDSAY, S.; HOUNSELL, K. G.; CASSIANI, C. A scoping review of the role of LEGO® therapy for improving inclusion and social skills among children and youth with autism. *Disabil Health J*. 2017 Apr; 10(2):173-182. doi: 10.1016/j.dhjo.2016.10.010. Epub 2016 Nov 10. PMID: 27863928.

NARZISI, A.; SESSO, G.; BERLOFFA, S.; FANTOZZI, P.; MUCCIO, R.; VALENTE, E.; VIGLIONE V.; VILLAFRANCA, A.; MILONE, A.; MASI, G. Could You Give Me the Blue Brick? LEGO®-Based Therapy as a Social Development Program for Children with Autism Spectrum Disorder: A Systematic Review. *Brain Sci,* 2021, 11, 702-715.

PECKETT, H.; MACCALLUM, F.; KNIBBS, J. Maternal experience of Lego Therapy in families with children with autism spectrum conditions: What is the impact on family relationships?. *Autism.* 2016; 1-9.

SALLES, J. F.; HASSE, V. G.; DINIZ, L. M. *Neuropsicologia do Desenvolvimento: infância e Adolescência.* Porto Alegre: Artmed, 2016.

WANG, H.; WRIGHT, B. D.; BURSNALL, M.; COOPER, C.; KINGSLEY, E.; COUTEUR, A. L. *et al.* Cost-utility analysis of LEGO based therapy for school children and young people with autism spectrum disorder: results from a randomised controlled trial. *BMJ Open.* 2022; 12:e056347.

7

AUTISMO E FAMÍLIA
CONTRIBUIÇÃO E ASSISTÊNCIA PARA PAIS E RESPONSÁVEIS COM OS CUIDADOS DOS FILHOS COM TRANSTORNO DO ESPECTRO AUTISTA

Este capítulo foi carinhosamente elaborado para contribuir com pais de autistas frente ao diagnóstico TEA. Durante nosso percurso como profissionais e terapeutas, uma coisa sempre foi visível: quem mais necessita de ajuda e orientação são os pais. O objetivo é ajudá-los a entenderem melhor o autismo, o diagnóstico precoce e a importância do terapeuta. Se o autismo faz parte de sua vida como pai ou responsável, este texto foi elaborado especialmente para você.

BERENICE EDNA DE OLIVEIRA E
MARIA CAROLINE DOS SANTOS

Berenice Edna de Oliveira

Contatos
berenice3flee@gmail.com
Facebook: Cérebro em Movimento Aprendizagem
Instagram: @cerebros_emmovimento.oficial

Mestra em Educação no Ensino de Ciências e Matemática pela Universidade Federal de São Paulo (UFSP). Especialista em Neuropsicopedagogia; Psicopedagogia; Educação Especial e Inclusiva; psicomotricista e terapeuta cognitivo-comportamental. Graduada em Matemática, Pedagogia, Letras, PICs e Gerontologia. Possui um núcleo de desenvolvimento e aprendizagem na cidade de Valinhos/SP e uma plataforma de cursos on-line (CBC.cursosonline).

Maria Caroline dos Santos

Contatos
marie.carol19@icloud.com
Instagram: @psicopedagoga_carolsantos_
Facebook: psicopedagoga_carolsantos_

Pedagoga graduada pela UNIP em 2009, com pós-graduação em Psicopedagogia; Neuropsicopedagia; Psicomotricidade; especialização em Análise do Comportamento Aplicada (ABA) e educadora parental. Atendimento clínico na cidade de Louveira – SP.

> *Do lado de fora, olhando para dentro, você nunca poderá entendê-lo. Do lado de dentro, olhando para fora, você jamais conseguirá explicá-lo. Isso é autismo.*
> AUSTIM TOPICS

O Autismo é um tema que vem ganhando cada vez mais espaço. Isso em virtude do grande número de investigações e diagnósticos, com o aumento de divulgações nas mídias sociais. Para dar início a essa discussão, vamos conhecer um pouco mais sobre o autismo.

Nossa missão aqui é ajudar pais e responsáveis a entenderem o autismo e conduzirem seus filhos a uma vida mais independente. Acreditamos que os pais são as peças primordiais no tratamento e nos cuidados do autismo e, nesse sentido, são os que mais têm necessidade de se adaptarem para completar seu papel.

Dessa forma, geramos esse conteúdo, pois consideramos também que os pais são os que mais necessitam de compreensão, devem ser assistidos e cuidados. Obter o diagnóstico de autismo não é nada fácil, visto que cuidar e educar um filho típico já requer certas atenções, o autismo intensifica e reforça a atenção e as dificuldades.

Porém, algo que deve ser lembrado durante o nosso percurso é que, não se trata de compreender sobre autismo, e sim: Não é O autista, são OS autistas! Cada autista possui seu jeito particular de ser, assim, se evidencia de maneira diferente em cada um.

Conhecendo um pouco sobre o Transtorno do Espectro Autista

Segundo os autores Ferreira (2011) e Gadia, Tuchman e Rotta (2004), o transtorno do Espectro Autista (TEA) é uma desordem que interfere no desenvolvimento da criança, provocando certas dificuldades na integração social e na educação do indivíduo. Dessa forma, o autismo tem como particularidade uma padronização de comportamento estereotipado, o que abrange a inflexibilidade a modificações, estada a rotinas, e sinalizações de comportamentos como: comunicação social e déficits na interação.

Para os autores Gadia, Tuchman e Rotta (2004), o autismo ocorre de maneiras e graus diferentes, por isso a nossa fala inicial de OS autistas. Por esse motivo, para a comunicação verbal e não verbal, se tem a questão de alguns não mostrarem capacidades para se comunicarem, já outros as possuem, porém de forma imatura: entonações monótonas, jargões e ecolalia. Os que possuem a habilidade de se comunicarem podem existir déficits em começar ou preservar a conversação.

Em consonância com Gadia, Tuchman e Rotta (2004), os autores Bosa e Callias (2000) acrescentam que o TEA também pode ser compreendido como uma existência de estado mental com escassez de capacidades em diferenciar os estímulos oriundos de dentro e fora do corpo, assim como o impasse na concepção de representar e manifestar as emoções.

Os pais se preparam física e psicologicamente para receberem o filho "ideal", não pensam em nada que seja "fora do padrão" esperado. Sassi (2013) comenta que, com a chegada do filho esperado vindo com algum transtorno, verificasse de maneira dolorosa um forte desafio para os pais, pois eles não imaginavam tal situação. O que se identifica uma intimidação às suas expectativas e crenças sobre o bebê que fora idealizado de forma diferente antes do seu nascimento.

A importância da família na vida da criança com autismo

A família é o primeiro contato social da criança, logo essa se torna responsável pelo seu desenvolvimento e prosseguimento da vida. Por isso a importância do acolhimento dos pais é fundamental para seu desenvolvimento global. O cuidado, os estímulos, o amor e a proteção voltados à criança, junto à busca das informações próprias desse transtorno e os tratamentos necessários acompanhados de especialistas, possibilitam melhor adequação tanto familiar quanto social.

Ao nascer, a criança com autismo não apresenta complicações, se desenvolve de forma que ganha peso e cresce. Ao crescer, Rodrigues, Fonseca e Silva (2000) afirmam que a criança começa a mostrar falta de interesse pelo ambiente e meio em que está inserida, prefere na maioria das vezes se isolar e evita o contato visual, além de se distanciar do contato físico. Ao brincar, tem preferência por objetos fixos, sem muitas seleções, de maneira obcecada, assim como na alimentação, dispõe de dificuldades.

Dessa forma, o ambiente familiar tem fundamental função na formação das crianças com autismo, se tornando determinante na personalidade, assim como no comportamento por intermédio de ações advindas da família. Daí a importância do acompanhamento terapêutico familiar.

Conhecimentos necessários para pais

Muito se ouve da importância do psiquiatra na avaliação de laudos de crianças com autismo. É esse profissional que, por meio do DMS-V, o Manual Diagnóstico e Estatístico de Transtornos Mentais, classifica o autismo, em conformidade com o nível de autonomia encontrado.

Como acontece essa classificação e como ela é feita? Um sujeito com nível 1 ou grau leve tem independência e autonomia maior que um com nível 3 ou grau severo. Porém, independente do grau, é muito importante que se tenha tanto a criança quanto a família um apoio de profissionais e as terapias necessárias.

Nível 1 – A necessidade de apoio é menor, porém é importante que se tenha

Conforme Ferreira (2001):

Comunicação social

- a criança precisa de suporte constante para que as adversidades e dificuldades na comunicação social não provoquem prejuízos maiores;
- a criança possui dificuldades em interagir com o outro, independentemente de ser adulto ou criança;
- a criança não tem curiosidade ou vontade em interagir com o outro.

Comportamento repetitivo e restrito

- o comportamento repetitivo e restrito causa uma vulnerabilidade comportamental, constituindo, assim, dificuldade em um ou mais locais e ambientes;
- a criança permanece por um longo tempo em uma mesma tarefa, o hiperfoco, e manifesta oposição quando precisa mudar para outra tarefa;
- modificações em sua rotina, organização e planejamento podem impossibilitar a busca pela sua autonomia e independência como pessoa.

Nível 2 – A necessidade do apoio substancial

Conforme Ferreira (2001):

Comunicação social

- a criança manifesta um déficit visível nas capacidades de comunicação tanto verbais quanto não verbais;
- é notável o prejuízo social por causa da pouca busca de começar uma relação social com o outro;
- quando outra pessoa começa um diálogo, apresenta-se atípica ou indiferente.

Comportamento repetitivo e restrito

- a criança esquiva-se à mudança na rotina, pois tem problemas em lidar com isso, mostra vulnerabilidade comportamental;
- o seu comportamento pode ser percebido por pessoas a sua volta, que dificilmente a veem;
- estressa-se de forma fácil e existe uma grande dificuldade em manter o foco, assim como se manter em alguma atividade que está realizando.

Nível 3 – A necessidade de apoio considerável

Conforme Ferreira (2001):

Comunicação social

- existem severos prejuízos na comunicação verbal e não verbal;
- manifesta grande restrição em começar uma interação com o outro e quase nenhuma devolutiva às iniciativas dos outros.

Comportamento repetitivo e restrito

- existe a presença inabalável no comportamento;
- intensa dificuldade em lidar com as modificações em suas rotinas e mostra comportamento repetitivo que interfere diretamente em diversos contextos;
- existe um nível de estresse muito alto, resistência e tenacidade em mudar o foco ou tarefas.

No entanto, há algo que é importante que os pais ou responsáveis saibam em relação aos níveis de autismo. Em nossos estudos e olhares para os teóricos citados, verificamos que os níveis não são fixos, ou seja, quando se fala da importância das terapias é exatamente para esta relação junto ao autismo, para que a pessoa com autismo tenha maior autonomia e independência. Assim, quando as terapias começarem a dar resultados, a propensão é que a pessoa tenha uma vida mais operacional e funcional. Existem também momentos em que a situação pode regredir, acontecendo a perda de algumas capacidades, por isso a importância do diálogo com o terapeuta e vice-versa.

Outra situação também importante a se tratar é em relação às formas de classificação do DMS V, pois no Brasil existe outro documento, o CID (Classificação Estatística Internacional de Doenças e Problemas Relacionados com a Saúde). Atualmente se está na versão 11 do CID, que são diferentes das do DMS, assim, os médicos evitam diagnosticar o grau em específico.

Quando se fala em grau, torna-se importante saber qual o melhor caminho a seguir. A caminhada é longa, por isso a importância dos pais nesse percurso.

Para muitos pais de autistas, a dúvida em relação à melhor terapia, à melhor abordagem persiste. Uma coisa se faz necessária em relação a isso, existe um tripé fundamental: a família, escola e terapia; cada um tem sua função e, quanto mais linear estiverem, obterá maiores resultados.

No autismo, o tempo vale ouro. Quanto antes começarem as intervenções, melhores os resultados. Na criança de 0 a 3 anos, a neuroplasticidade é maior. Isso significa que o cérebro é mais flexível, moldável, assim ela vai aprender rapidamente em suas intervenções terapêuticas.

Sempre aconselhamos os pais a buscarem terapeutas que conversem com eles; este diálogo é fundamental. Como dito antes, a base familiar precisa saber orientar e lidar com o estresse e o emocional.

Como terapeutas e especialistas na área, nossa função é orientarmos e intervirmos em ações que auxiliam os pais nas ações e cuidados com os filhos.

Assim, o olhar para os pais é fundamental, pois enfrentam muitos obstáculos e precisam ser acompanhados e assistidos durante os cuidados com seus filhos.

Referências

BOSA, C. A.; CALLIAS, M. (2000). Autismo: breve revisão de diferentes abordagens. *Psicologia: reflexão e crítica*. Porto Alegre. Vol. 13, n. 1, pp. 167-177. Disponível em: <https://www.scielo.br/j/prc/a/4b8ymvyGp8R4MykcVtD49Nq/abstract/?lang=pt>. Acesso em: 05 dez. de 2021.

FERREIRA, I. M. D. M. *Uma criança com perturbação do transtorno do espectro autista: um estudo de caso*. 2011. Tese (Mestrado em educação). Castelo Branco: Instituto Politécnico de Castelo Branco. Disponível em: <https://repositorio.ipcb.pt/bitstream/10400.11/700/1/Tese_Isabel_Ferreira.pdf>. Acesso em: 11 dez. de 2021.

GADIA, C. A.; TUCHMAN, R.; ROTTA, N. T. (2004). Autismo e doenças invasivas de desenvolvimento. *Jornal de pediatria*, v. 80, n. 2, pp. 83-94. Disponível em: <http://www.scielo.br/scielo.php?pid=S0021755720040003000011&script=sci_abstract&tlng=pt>. Acesso em 12 dez. de 2021.

RODRIGUES, M. S. P.; SOBRINHO, E. H. G.; DA SILVA, R. M. (2000). *A família e sua importância na formação do cidadão. Família, saúde e desenvolvimento.* Disponível em: <https://revistas.ufpr.br/refased/article/view/4934>. Acesso em: 05 dez. de 2021.

SASSI, F. *O impacto da deficiência infantil aos pais e o processo de reconhecimento desta realidade por meio do auxílio promovido pelas equipes de profissionais da saúde.* RS: Acadêmica do curso de Psicologia da Universidade de Caxias do Sul. Disponível em: <http://www.psicologia.pt/artigos/textos/TL0319.pdf>. Acesso em: 05 dez. de 2021.

8

OS DESAFIOS DA FAMÍLIA ATÍPICA

Neste capítulo, tenho como objetivo trazer ao conhecimento dos pais o papel fundamental que exercem no desenvolvimento das crianças, sem que esqueçam o quanto todos os membros da família precisam de atenção. Ser pais de crianças com autismo não quer dizer que devam ser terapeutas 24 horas. Desejo que vocês sejam homens e mulheres, pais, filhos, esposo e esposa, irmãos, tios, avós, amigos e, sem dúvida, unidos. Como dito recentemente em entrevista, pelo apresentador Marcos Mion, pai do querido Romeu (diagnosticado com autismo): "Entendi que precisava ser a melhor versão de mim". Vamos, juntos, aprender a lidar com os desafios do dia a dia, sem focar nas dificuldades da criança, e sim celebrar pequenas conquistas, acreditando que o aprendizado acontece. Portanto, após mergulhar no mundo do autismo, digo: "Diagnóstico não é sentença, mas sim direcionamento".

CINTIA BORGES NAVARRO

Cintia Borges Navarro

Contatos
cintiaborgesnavarro@gmail.com
Instagram: @fonocintiaborgesnavarro
61 98575 5668

Fonoaudióloga de Brasília, com atuação em todo o país. Especialista em Neurodesenvolvimento Infantil. Terapeuta oficial ESDM - Modelo Denver de Intervenção Precoce para crianças com autismo, certificada pelo Mind Institute/ University of California, Sacramento – EUA. Certificada no método Prompt Nível 1 pelo The Prompt Institut. Certificada em Autism Diagnostic Interview Revised (ADI-R) pela Universidade de Barcelona. Certificada em Autism Diagnostic Observational Schedule (ADOS-2) pela Universidade de Barcelona. Certificada pelo Koegel Autism (Califórnia) no PRT – Pivotal Response Treatment (nivel1). Habilitada no Método Básico e Avançado Therapy Taping, aperfeiçoamento em UTI Neonatal e Pediátrica pelo Cafi; pós-graduada em Linguagem Infantil pelo Cefac; pós-graduada em Intervenção Precoce pelo CBI of Miami, pós-graduada em Docência Para o Ensino Superior pela Unip. Atuação: supervisora ESDM – Modelo Denver de Intervenção Precoce no Autismo; treinamento de pais e aplicadores do ESDM – Modelo Denver; Apraxia de Fala Infantil; Estimulação Precoce; supervisão para profissionais e para pais de crianças com TEA - Transtorno do Espectro do Autismo, TDL - Transtorno de Linguagem, apraxia de fala na infância e intervenção precoce.

A descoberta

Receber um diagnóstico de TEA – Transtorno do Espectro do Autista não é fácil. Toda família sonha, planeja e, mesmo que uma gravidez não tenha sido planejada, o amor pelos filhos é incondicional.

Aguardar o nascimento de uma criança é um momento que criamos muitas expectativas na família, como: características físicas, se é menino ou menina, saúde, personalidade, entre diversas outras. Envolvendo inúmeros sentimentos e sensações, como: medo, amor, carinho, ansiedade, felicidade... Porém, após o nascimento e certo tempo de convívio, quando a família recebe o diagnóstico de que seu filho é autista, esses sentimentos e sensações se tornam mais intensos e confusos, exigindo uma readaptação familiar, ocasionando mudanças nos aspectos afetivo-emocionais dos pais e, como consequência, ocorrem prejuízos na psicodinâmica familiar. (MONTE, 2015, pp. 1-16).

O Transtorno do Espectro do Autista pode afetar a forma que o cérebro se desenvolve. Fazendo com que as crianças respondam de forma diferente ao ambiente, podendo ser percebido antes mesmo do primeiro ano de vida. (SALLY & DAWSON, 2010).

Muitos pais de crianças com atraso no desenvolvimento não percebem os sinais de autismo antes do primeiro ano de vida. Mas não é uma regra. Alguns percebem que algo está errado desde muito cedo; por exemplo, a criança não faz contato visual, não olha quando é chamada pelo nome e, por vezes, é um bebê muito quieto ou bastante agitado, sabemos que todo comportamento deve ser equilibrado.

Com a chegada da suspeita do diagnóstico, algumas famílias logo buscam ajuda; outras, demoram, por viverem um período de negação. Não vamos julgar ninguém nem ao menos se culpar pela real situação.

Desde 2019, vivemos momentos de incertezas com a pandemia causada pela COVID-19. Essa realidade tem provocado grande impacto na vida das pessoas e, de uma forma mais intensa, as famílias que têm crianças com autismo vivem situações particulares inesperadas e de incertezas.

A dificuldade de interação social, atraso de linguagem, falta de contato visual, interesse restrito por determinados objetos, movimentos repetitivos e até mesmo o não saber brincar são apenas alguns sinais de alerta para o atraso do neurodesenvolvimento da criança. Com o isolamento social, esses sinais se agravaram. Vale ressaltar que a pandemia não causa autismo, mas de alguma forma impactou na vida das famílias devido ao atraso do diagnóstico.

Os pais se deparam com a importância de uma nova rotina após a chegada do diagnóstico de TEA. É importante não olhar essa mudança de forma negativa, o tempo mostrará a importância de manter a família saudável com força e união. (SALLY & DAWSON, 2012)

A nova realidade da família faz com que as pesquisas por respostas se tornem cada vez mais constantes:

- Informações médicas gerais;
- Auxilio para a família;
- Busca de tratamento;
- Diferentes tipos de tratamentos e melhor escolha;
- Rotina da casa;
- E como será o futuro.

Sabemos que a maioria das crianças com atraso no desenvolvimento apresentam dificuldades com o sono, sendo a insônia uma das adversidades mais comuns citadas pelos pais. (SALLY & DAWSON, 2012).

Aprenda a viver o hoje, com a certeza de que o futuro da sua criança depende da parceria da sua família, com os profissionais envolvidos para potencializar resultados de aprendizagem no desenvolvimento dela. Sendo estes: vocês pais, irmãos, avós, tios, babás, médicos, terapeutas e professores.

Cuide de você também

Se preciso, busque ajuda profissional para você. É importante cuidar da sua saúde mental.

No início, é comum que os pais se deixem de lado, tirem o foco de si e dos demais membros da família. Como acima relatado, o dia a dia se resume em buscar respostas, com diversos profissionais e pesquisas constantes na internet, por vezes essa busca de apenas um culpado, ou uma certeza de que todos estão enganados.

Tomar conta de você é a única forma de conseguir dar conta de cuidar do restante da família. Não se esqueça de frequentemente fazer um balanço de como se sente, e não se esqueça de garantir que sua saúde física e seu psicológico estão bem. (SALLY & DAWSON, 2012).

Com a chegada dos filhos, a vida passa a ser uma verdadeira correria. Tomar banho se torna mais rápido e cada dia mais tarde, sua alimentação passa a não ser mais a prioridade na hora da refeição. Seus olhos estão sempre em direção às crianças, ao que elas precisam, ao futuro, aos seus sonhos como pais.

Ah! Esse diagnóstico te deixou sem chão, sem ter vontade de comer, sem conseguir dormir, nem ao menos sonhar e planejar. E diariamente as dúvidas parecem estar conversando com você: será que a criança vai ser independente, vai falar, vai namorar, vai trabalhar, vai casar, vai estudar... Tudo assim, fora de ordem, fazendo uma grande bagunça nos seus pensamentos.

É chegada a hora de falar com você mesmo, talvez converse com o espelho, escreva uma carta ou procure um terapeuta para chamar de seu.

O seu filho é perfeito como deveria ser, é um presente que chegou na vida da família, é o amor da sua vida e você não o troca por nada nem por ninguém.

Todos os dias é uma oportunidade de a criança aprender algo novo, cabe não direcionarmos nosso olhar para as dificuldades que estão presentes, mas sim perceber nos pequenos detalhes a riqueza de objetivos conquistados, seja um olhar, um apontar ou uma noite melhor dormida.

A família

Sendo casados ou não, existe uma vida que precisa de outro alguém. Será um desafio criar uma criança com autismo? Isso vai depender de vocês.

Sejam amigos, conversem, os dois precisam participar da nova realidade familiar. Dividam as tarefas, cuidem juntos e não se esqueçam de cuidar um do outro.

Não deixem de conversar um com o outro, sei que no início é quase impossível ter outro assunto, mas se esforce, pergunte como foi o dia, planejem o fim de semana, façam o jantar, se esforcem. Afinal, vocês são ótimos, mas juntos são imbatíveis. São esses momentos que fortalecem um ao outro.

Não culpem um ao outro, a culpa é destrutiva, enfraquece a relação e abala a confiança. O autismo não é culpa de ninguém, ele simplesmente está ali.

Orientações:
- não perca o bom humor;
- tenha tempo para o seu relacionamento;

- peça ajuda;
- escute mais;
- fale um com o outro;
- converse sobre diversos assuntos;
- surpreenda;
- tenha momentos a dois;
- divida as tarefas com os filhos;
- deixe o outro ter momentos com o filho, é saudável e importante.

Os outros filhos

As crianças querem direitos iguais e cabe a nós, adultos, fazer com que o convívio seja justo. Permita que a criança com autismo faça algo pelos irmãos, não existe na sua família ninguém incapaz de fazer algo pelo outro, apenas alguém vai precisar de ajuda extra.

Pequenas atitudes farão a diferença na vida da sua família.

Coisas que deixarão todos felizes:

- ganhar um pequeno presente do irmão com autismo;
- comer um lanche que ele ajudou a preparar;
- receber um abraço inesperado;
- participar das brincadeiras juntos;
- compartilhar um passeio.

Inicialmente, a maior atenção será para a criança com TEA; com o passar do tempo, a rotina se ajustará para melhor planejamento diário com os demais membros da família.

Converse com seus filhos sobre o autismo, eles podem não ter uma compreensão boa no primeiro momento, mas com passar do tempo, entenderão a dificuldade do irmão em brincar junto e conversar.

Quando temos uma relação transparente desde o início com a família, o impacto da descoberta torna-se mais leve e sem grandes repercussões, como negação ou sentimentos de responsabilidade.

Os irmãos da criança com autismo têm a necessidade de um olhar diferenciado. Eles também são extremamente impactados com a chegada do diagnóstico, chegam a passar despercebidos por um longo tempo, porque os olhares estão apenas para o irmão.

Situações que devem ser evitadas com o outro filho:

- o irmão da criança com autismo ceder sempre;
- ter responsabilidade pelo outro;

- deixar que sinta a ausência dos pais;
- não ter um momento sozinho com o pai ou a mãe;
- precisar acompanhar o irmão em todos os lugares;
- não ter direito de escolha;
- precisar assistir à aula com ele;
- observar o irmão ganhar vários "brinquedos" para terapia e ele não conquistar nada.

São diversas as situações que devem ser evitadas, mas as crianças mesmo dão sinais quando tais situações ocorrem.

Brinquem juntos, sejam parceiros e tenham vários momentos em família, se divirtam, joguem bola, façam atividades na cozinha, saiam para uma caminhada, assistam a um filme, afinal família é isso. Não deixe o diagnóstico de autismo mudar o rumo das coisas.

Não se esqueçam de prestar atenção nos detalhes com todos os filhos.

Se o comportamento dos outros filhos mudou, apareceram atitudes antissociais, isolamento de atividades e relacionamentos; se os seus esforços para falar com eles ou dar-lhes mais apoio não estão dando certo e, se o rendimento escolar caiu, como também em casa o comportamento está diferente, converse com um profissional. (SALLY & DAWSON, 2012)

Estes sinais de que um irmão está com dificuldades incluem:

- necessidade de não desapontar e ser perfeito;
- mudanças na alimentação, como comer pouco ou em demasia;
- queixas frequentes de dor de cabeça ou estômago;
- perda de interesse nas atividades do dia a dia;
- choro ou preocupação frequente;
- afastamento das atividades sociais;
- agressão crescente;
- novos problemas na escola;
- sinais de ansiedade e depressão.

A terapia e os pais

Ser fonoaudióloga de crianças com autismo me fez entender o papel importante que exerço na vida das famílias. É preciso acolher e orientar. Além disso, a fonoaudiologia é responsável por tratar, desenvolver e estimular a comunicação humana. Sabemos que 99% das crianças com atraso no desenvolvimento procuram a fonoaudiologia devido a dificuldade na comunicação. Nesse sentido, a família aposta todas as fichas no profissional.

A ansiedade prejudica o acompanhamento terapêutico. Sabemos que no autismo devemos viver cada momento como se fosse único e que um simples movimento corporal é considerado um ato comunicativo.

Pais de crianças com autismo muitas vezes se esquecem de serem pais e passam a exercer a função de terapeutas em tempo integral. Mas na rotina diária da criança, em momentos com a família, muitas conquistas podem surgir.

Troquem as telas por brincadeiras. Recentemente, a recomendação da OMS foi que crianças com menos de 2 anos não devem ter contato com telas.

Aposte nos Legos, quebra-cabeças, livros infantis, massinhas e materiais de escrita. São atividades tão prazerosas e que permitem conquistar objetivos terapêuticos.

Preste atenção na forma que se comunica com a criança. Será que ela compreende o que você está dizendo? Sua forma de agir faz com que ela mude o comportamento?

Pais tendem a se justificar e capricham nos argumentos com a criança e, a maioria das vezes, não funciona. A maior dificuldade da criança com autismo é na comunicação. Se estamos falando frases muito longas, a criança não vai conseguir compreender a mensagem e, dessa forma, não tem oportunidade de se comunicar. Tenha uma comunicação mais clara, com poucas palavras e frases curtas.

Evite falar com a criança na terceira pessoa. Exemplo: o Theo quer água, o Theo vai comer, o Theo quer dormir, o que o Theo quer. Falar dessa forma com a criança faz com que ela reproduza comunicação da mesma maneira, com isso a criança aprende a falar na terceira pessoa e dificulta o diálogo. O certo é: você quer água, vem comer, agora você vai dormir, o que você quer. E a resposta deve ser: eu quero, eu vou, quero isso...

Uma frase que sempre me chama a atenção é: "mas se você fizer as coisas para o seu filho sempre, ele não terá a oportunidade de mostrar que consegue fazer mais do que você poderia esperar" (SUSSMAN, 2018.)

É importante ajudar a criança, mas não fazer por ela, precisamos lembrar que uma criança de 2 anos de idade não é mais um bebê. Vamos enxergar essa criança daqui alguns anos. Se hoje ela tem dois ou 3 anos, ela pode chegar dessa forma aos 8 ou 10 anos de idade? Essa realmente é uma reflexão a se fazer. A criança com atraso no desenvolvimento é capaz de aprender habilidades básicas, mas devemos dar oportunidades para que ela faça.

Em vez de ofertar a comida, use duas colheres, uma para você e outra para criança; inicie a retirada da roupa, mas o ajude a concluir; auxilie na lavagem das mãos; permita que a criança leve a escova de dentes à boca sem ajuda; dê suportes verbais na hora do banho fazendo com que essa criança seja um participante ativo; após a retirada da fralda, conduza a criança até o lixo com o pacote na mão. Pequenos detalhes hoje farão toda a diferença para o início da conquista da independência pessoal.

Para finalizar desejo a vocês noites tranquilas, esperanças renovadas, fé restaurada e grandes conquistas. Aproveitem cada momento em família, registrem o quanto conseguirem e relembrem sempre como está sendo a trajetória até agora, porque o futuro está sendo conquistado com os passos de hoje.

Referências

MONTE, L. da C. P.; PINTO, A. A. Família e autismo: psicodinâmica familiar diante do transtorno e desenvolvimento global na infância. *Estação Científica*, Juiz de Fora, nº 14, jul./dez. 2015.

ROGERS, S. J.; DAWSON, G. *Intervenção precoce em crianças com autismo: Modelo Denver para a promoção da linguagem, da aprendizagem e da socialização*. Lisboa: Lidel, 2010.

ROGERS, S. J.; DAWSON, G.; LAURIE, A. V. *Agindo e compreender em família: Modelo Denver para a promoção da linguagem, da aprendizagem e da socialização*. Lisboa: Lidel, 2012.

SUSSMAN, F. *Mais do que palavras: um guia para pais de crianças transtorno do espectro do autismo para estimularem a interação, comunicação e habilidades sociais de seus filhos*. Tradução: Nathalia Spinelli Voogd Aziz. Barueri: PróFono, 2018.

9

A IMPORTÂNCIA DO ACOLHIMENTO DAS FAMÍLIAS DOS ESTUDANTES COM TEA
RELATOS DE UMA MÃE-PROFESSORA

Gestar um bebê é esperar realizar seus sonhos nele. Mas, às vezes, nos surpreendemos e não sabemos fazer isso como imaginávamos, principalmente quando a idade escolar chega. A escola, por vezes, é o acalanto para as aflições acerca dos nossos filhos e nem sempre o encontramos. É preciso entender que nem as famílias, nem as escolas possuem o manual de instruções de como facilitar o aprendizado dos nossos filhos. Mas já sabemos o segredo: acolher.

CLARA MESSIAS

Clara Messias

Contatos
clara.messias@sme.prefeitura.sp.gov.br
clara_messias@hotmail.com

Pedagoga licenciada pela Universidade do Grande ABC - UniABC. Pós-graduada em Psicopedagogia Clínica e Institucional pela UniFCV – Centro Universitário Cidade Verde. Pós-graduada em Educação Especial e Inclusiva com ênfase em Deficiência Intelectual e Múltipla. Professora de Ensino Fundamental I na rede municipal de São Paulo. Mãe de Stella Maris e esposa de Cláudia, minhas inspirações.

> *Oferecer um acolhimento adequado aos pais cujo(a) filho(a) teve diagnóstico do TEA é necessário e importante. Isso pode facilitar o enfrentamento do diagnóstico e permitir uma passagem mais rápida pelos estágios de luto, que constituem uma sequência relativamente previsível de fases.*
> FERNANDA ALVES MAIA

Acolhimento é uma das coisas mais importantes que pais de filhos diagnosticados dentro do Espectro Autista buscam, no momento em que precisamos dividir nossos filhos com a sociedade, por meio da escolarização. E, infelizmente, nem sempre o encontramos, pois a maioria das escolas brasileiras não está pronta para acolher nossos filhos.

Quando recebemos o diagnóstico de TEA de um filho, é comum passarmos por um período de luto, muito parecido com a morte, já que é aqui onde "morrem" a maioria dos sonhos que projetamos para nossa criança (ou adolescente, como no meu caso) desde a gestação até o momento da entrega do diagnóstico. Nosso castelo encantado entra em demolição quando ouvimos as palavras "seu filho apresenta características dentro do Transtorno do Espectro Autista". Pessoalmente, esta foi a frase mais devastadora que ouvi e, ao mesmo tempo, a frase que mais me deu certeza de que, apesar dos desafios, havia recebido um presente especial por toda a minha vida.

Minha filha nasceu em 2004 e, logo após o término da minha licença gestante, foi inserida na vida escolar, aos 7 meses de vida. Nessa idade, já notava algumas características nela que a diferenciavam de outras crianças: já andava, não balbuciava nenhum som, não olhava em direção à voz que a chamava, não se assustava com barulhos, não estranhava pessoas desconhecidas; no grupo de crianças, preferia manter-se isolada nas brincadeiras, não fixava o olhar durante a amamentação etc. Como já conhecia o autismo, tentei levantar mais detalhes com as professoras dela, para ter o que levar ao neuropediatra. Foi aí que descobri, mesmo trabalhando numa escola, que a própria instituição e alguns professores não estão prontos para reconhecerem quando precisamos de ajuda.

Na minha visão, parecia que estava vendo coisas que não existiam, já que a escola sempre respondia com frases do tipo "é uma fase" ou "é traço da personalidade dela que está se formando", mas nunca me ofereceram a chance de explicar os sinais que já apareciam. É muito comum ouvir que a criança só tem um transtorno ou uma deficiência se esta é visível aos olhos, e casos leves e moderados de TEA muitas vezes se confundem com outros conceitos populares como birra ou teimosia.

Sabemos hoje que, com a nova edição do DSM (Manual de Diagnóstico e Estatístico de Transtornos Mentais – 5ª edição), o autismo se divide em três níveis (leve, moderado e severo) e cada um deles leva em consideração o grau de comprometimento ou necessidade de apoio para interagir socialmente e realizar as atividades do dia a dia, ficando mais fácil perceber que comorbidades ou pouco uso de recursos de comunicação e interação social também podem fazer parte do TEA. Observe os quadros abaixo:

Classificação do autismo

DSM IV	DSM V
Transtornos globais do desenvolvimento	**Transtornos do Espectro Autista (TEA)**
Transtorno autista Transtorno de Rett Transtorno desintegrativo da infância (Síndrome de Heller, demência infantil ou psicose desintegrativa) Transtorno de Asperger Transtorno invasivo do desenvolvimento sem outra especialização	**Nível 1: Grau leve (necessitam de pouco suporte)** Com suporte, pode ter dificuldade para se comunicar, mas não é um limitante para interações sociais. Problemas de organização e planejamento impedem a independência. **Nível 2: Grau moderado (necessitam de suporte)** Semelhante às características descritas no nível 3, mas com menor intensidade no que cabe aos transtornos de comunicação e deficiência de linguagem. **Nível 3: Grau severo (necessitam de maior suporte/apoio)** Diz respeito àqueles que apresentavam um déficit considerado grave nas habilidades de comunicação verbais e não verbais. Ou seja, não conseguem se comunicar sem contar com suporte. Com isso, apresentam dificuldades nas interações sociais e tem cognição reduzida. Também possuem um perfil inflexível de comportamento, tendo dificuldade de lidar com mudanças. Tendem ao isolamento social se não estimulados.

CID 10	CID 11
F84: Transtornos globais do desenvolvimento	**6A02 Transtornos globais do desenvolvimento**
F84.0 Autismo infantil	**6A02.0** TEA **sem transtorno do desenvolvimento intelectual** e com comprometimento **leve ou ausente** da linguagem funcional.
F84.1 Autismo atípico	
F84.2 Sindrome de Rett	
F84.3 Outro transtorno desintegrativo da infância	**6A02.1** TEA **com transtorno do desenvolvimento intelectual** com comprometimento leve ou ausente da linguagem funcional.
F84.4 Transtorno com hipercinesia associada a retardo mental e a movimentos estereotipados	**6A02.2** TEA **sem transtorno do desenvolvimento intelectual** e com linguagem funcional prejudicada.
F84.5 Sindrome de asperger	**6A02.3** TEA **com transtorno do desenvolvimento intelectual** e com linguagem funcional prejudicada.
F84.8 Outros transtornos globais do desenvolvimento	**6A02.4** TEA **sem desordem do desenvolvimento intelectual** e com ausência de linguagem funcional.
F84.9 Transtornos globais não especificados do desenvolvimento (TID SOE)	**6A02.5** TEA **com desordem do desenvolvimento intelectual** e com ausência de linguagem.
	6A02.Y Outros transtornos do espectro autista.
	6A02.Z Transtorno do espectro autista, não especificado.

Fonte: página do Autimates Brasil no Facebook[1]

Ter escuta e empatia para acolher: do medo ao momento de parceria escola-família

Acolher é uma palavra que vem sendo muito utilizada nos últimos anos. Segundo o Dicionário Michaelis Online[2], acolher – entre outros significados – é "Dar crédito; dar ouvidos; levar em consideração". Estes são termos que certamente todos pais de estudantes autistas gostariam que fossem reais. Quantos de nós, ao tentarmos fazer a matrícula escolar de nossos filhos, saímos das nossas casas já pensando em como falar para a escola que temos uma criança autista ou se a escola será capaz de acolher essa criança e tratá-la sem diferenças?

---

1 Disponível em: https://www.facebook.com/AutimatesBrasil/photos/classifica%25C3%25A7%25C3%25A3o- -do-autismopost-do-grupos%25C3%25ADndrome-de-asperger-autismo-no-brasil-para/2103723813204585/. Acesso em: 29 jan. de 2022

2 https://michaelis.uol.com.br/busca?r=0&f=0&t=0&palavra=acolher

Enquanto escola, precisamos lembrar que as famílias são nossas parceiras, aquelas que nos trarão luz em relação às crianças, sejam elas atípicas ou neurotípicas. Acolher essas famílias é, acima de tudo, criar laços com elas, de modo a desenvolver essa criança/adolescente globalmente, não se preocupando somente com a aquisição dos conteúdos formais, mas comemorando cada conquista alcançada. Mas alguns perguntarão: "Como fazer para acolher uma família autista?".Responderemos que acolher uma família e, conjunta e consequentemente sua criança autista, é preciso ouvir sobre suas experiências boas e ruins, dar orientações e soluções para os problemas relatados pelos pais, estabelecer parcerias com os profissionais da escola e aqueles que atendam essa criança fora da escola e, acima de tudo, respeitar o tempo de adaptação e de aprendizado dessa criança.

Para muitos pais, a escolarização torna-se angustiante, pois não sabemos o que fazer para ajudar uma criança autista a se desenvolver. A escola, por sua vez, nos fala que precisamos ajudar nossa criança, que precisamos procurar ajuda clínica e/ou terapêutica, mas não nos diz como fazer para ajudar. Ações voltadas para os pais que têm filhos autistas proporcionam não somente o aumento da autoestima dessa família, mas também promove o bem-estar da criança. Momentos de trocas de experiências entre esses pais com toda a comunidade escolar proporcionam o real acolhimento.

Se faz importante entender que cada indivíduo autista é um mundo único. Mesmo aqueles que se encontram dentro do mesmo nível de classificação clínico, terão características e interesses distintos e, por tal individualidade, é que precisamos sempre acolher. Se fizermos uma pesquisa em sites de busca, poucas são as respostas encontradas acerca do acolhimento dos pais de autistas. Seria porque pensar sobre as dores, lutas, lutos e angústias das famílias autistas ainda seja um "campo desconhecido"? Ou por conta da diversidade de ações e reações acerca das características de nossos autistas?

É muito estranho e dolorido pensar que vivemos em um mundo cheio de diferenças, mas que não as aceitamos de verdade. E este é o nosso grande medo enquanto pais de autistas, imaginar que nossos filhos não sejam acolhidos nas escolas e no convívio social. Somos constantemente julgados como aqueles que não tomam providências em relação ao tratamento X, sobre o material para realizar a atividade Y, mas são poucas as vezes que somos orientados ou que recebemos oportunidades terapêuticas por meio de políticas públicas que nos garantam o cumprimento de direitos conquistados durante os anos. E este movimento de não acolher traz prejuízos não somente à educação formal dos nossos filhos, mas também para nossas famílias, por não sabermos, em muitos casos, o que fazer.

Como as escolas podem acolher melhor as famílias autistas?

Ao contrário do que muitos pensam, o acolhimento não precisa ser realizado por um profissional especializado nas áreas de Pedagogia ou Psicologia. O acolhimento é um processo que deve acontecer de maneira espontânea por toda a comunidade escolar.

Algumas sugestões simples de acolhimento que as escolas podem fazer são, entre outras, estarem abertas a escutar os anseios e as dificuldades das famílias, ter empatia, buscar preparo para a equipe docente acerca do autismo, facilitar o acesso às políticas públicas dos estudantes autistas, realizar atividades que integrem as famílias de todos os estudantes neurotípicos e atípicos, realizar atividades formativas para as famílias dos estudantes autistas e proporcionar atividades de mediação de conflitos que tragam à tona a importância da escuta, da observação e do respeito às características autistas apresentadas pelos estudantes. Jamais romantizar as situações que ocorram envolvendo os estudantes autistas, principalmente colocando crenças religiosas para "resolver" situações ocorridas.

Como observamos, as escolas podem realizar várias ações para que as famílias dos estudantes autistas se sintam acolhidos. O que precisa estar claro em todas as escolas é que, quando se acolhe uma família autista e se mostra interesse nos seus costumes, desenvolve-se um trabalho melhor com os estudantes, contribuindo para que estes se desenvolvam de maneira integral e contribuam também com o desenvolvimento de todos aqueles que convivam com eles.

Sentir-se acolhido e respeitado faz com que as relações pedagógicas e interpessoais aconteçam com maior facilidade e leveza. A criança autista tem formas diferentes de estabelecer comunicação com o mundo, mas ela também consegue sentir e perceber quando é aceita. É muito triste entrar em uma escola e observar um estudante autista (ou com outro tipo de transtorno ou deficiência) isolado dos demais estudantes, só na presença de um adulto cuidador, sem ter o mínimo de interação com seus pares.

A criança autista aprende de diversas formas, mas o principal para que a aprendizagem aconteça são os vínculos afetivos com seus professores e acompanhantes. Sabemos que, nos indivíduos autistas, três importantes domínios do desenvolvimento humano são comprometidos: a comunicação, a socialização e a imaginação. Com esses comprometimentos e com vínculos conturbados, a dificuldade de aprender certamente se acentuará. O que realmente importa, na escolarização, é como as dificuldades dos nossos autistas serão acolhidas e transformadas, permitindo que as facilidades e habilidades desses estudantes possam ser exaltadas. Valorizar as conquistas que os estudantes autistas alcançam vai muito além de uma comemoração, torna-se um ato de encorajamento e incentivo. É acolher!

E como os pais dos estudantes autistas podem auxiliar as escolas?

Engana-se quem pensa que as famílias dos estudantes não podem auxiliar as escolas. São as famílias quem conhecem os estudantes, seus gostos, seus medos, suas dificuldades e, no caso das famílias dos autistas, também conhecem seus interesses e hiperfocos, o que os deixam mais ansiosos, o que os estimulam. Todas essas informações são peças-chaves do quebra-cabeças do convívio escolar.

Dessa maneira, vale a pena que as famílias dos estudantes autistas apresentem às escolas os relatórios médicos com orientações passadas pelos especialistas que acompanham o estudante, auxiliando a escola no trato e adaptações curriculares; manter sempre comunicação ativa com os professores que trabalham diretamente com o estudante; trazer sugestões de rotinas estabelecidas com o estudante em casa, incentivando o seu aprendizado.

Dessa forma, dividida entre a mãe e a professora que sou, vejo o quanto ambos os lados podem se ajudar para promover o amplo desenvolvimento dos nossos autistas, basta que o acolhimento ocorra. As muitas barreiras de aprendizado e socialização podem vir ao chão se os envolvidos no processo de escolarização se acolherem entre si e acolherem ao outro. Que todas as famílias, principalmente aquelas que receberam entre os seus uma criança, seja acolhida e respeitada dentro da sua diversidade. Vivamos o acolhimento!

Referências

BARBA, M. D. Asperger: como a escola deve acolher o aluno e os pais. *Revista Nova Escola*, 2018. Disponível em: <https://novaescola.org.br/conteudo/10102/asperger-como-a-escola-deve-acolher-o-aluno-e-os-pais#>. Acesso em: 27 dez. de 2021.

CORDEIRO, F. Meme sincero: os graus do autismo. *Canal Autismo*, 2021. Disponível em: <https://www.canalautismo.com.br/artigos/meme-sincero-os-graus-do-autismo/>. Acesso em: 29 jan. de 2022.

FRADE, P. A importância do acolhimento para pais de pessoas autistas. *Canal Autismo*, 2021. Disponível em: <https://www.canalautismo.com.br/artigos/acolhimento-pessoas-autistas/>. Acesso em: 20 dez. de 2021.

KWANT, F. de. Classificação do autismo. *Autimates Brasil*, 2018. Disponível em: <https://www.facebook.com/AutimatesBrasil/photos/classifica%25C3%25A7%25C3%25A3o-do-autismopost-do-grupos%25C3%25ADndrome-de-asperger-autismo-no-brasil-para/2103723813204585/>. Acesso em: 29 jan. de 2022.

MAIA, F. A. *et al. Importância do acolhimento de pais que tiveram diagnóstico do transtorno do espectro do autismo de um filho.* Rio de Janeiro: Caderno de saúde coletiva, Junho, 2016

MIRA, V. G. de.; PIETSCHMANN, V. *Cresce o número de casos de autismo: como detectar e tratar.* Disponível em: <https://primeirapauta.ielusc.br/2019/05/03/cresce-o-numero-de-casos-de-autismo-como-detectar-e-tratar/>. Acesso em: 29 jan. de 2022.

MUNIZ, D. *Acolhimento: Muitos não sabem o que fazer, diz familiar de autista ao sugerir mais ações.* Governo do Estado do Amapá, 2019. Disponível em: <https://www.portal.ap.gov.br/noticia/2404/acolhimento-muitos-nao-sabem-o-que-fazer-diz-familiar-de-autista-ao-sugerir-mais-acoes>. Acesso em: 12 dez. de 2021.

PSICOLOGIA VIVA. *Conheça 4 tipos de autismo e suas características.* 2020. Disponível em: <https://blog.psicologiaviva.com.br/tipos-de-autismo/>. Acesso em: 29 de jan. de 2022.

SILVA, C. C. N. da. Os limites do meu conhecimento são os limites do meu mundo. *Psico Usp*, 2019. Disponível em: <https://sites.usp.br/psicousp/os-limites-do-meu-conhecimento-sao-os-limites-do-meu-mundo/>. Acesso em 29 de jan. de 2022.

10

O PROCESSO DE APRENDIZAGEM DAS CRIANÇAS AUTISTAS
A POSSIBILIDADE DE LETRAR A PARTIR DO HIPERFOCO

Neste capítulo, apresento algumas reflexões acerca da possibilidade de alfabetizar e/ou letrar uma criança com TEA, de forma lúdica por meio do seu hiperfoco e o do uso da tecnologia, que podem ser grandes aliadas no processo de ensino e aprendizagem, não apenas ensinando habilidades acadêmicas, mas também pela interação social, de forma a se trabalhar elementos básicos para o seu convívio e interação entre seus pares.

DANIELLI VIANA CABRAL

Danielli Viana Cabral

Contatos
prodvc@hotmail.com
Instagram: @danipropsicopedagoga
Grupo Facebook: Estimulação em bebês e crianças
11 97250 7949

Mãe de autista, professora graduada em Letras e especialista em Práticas e Vertentes da Língua Portuguesa e Literatura (UNICAMP). Especialização em Psicopedagogia Clínica e Institucional e pós-graduada em Autismo. Pós-graduanda em Educação Inclusiva com Ênfase em Avaliação Diagnóstica Escolar, com vários cursos nas áreas de educação especial, deficiência intelectual, dislexia, integração sensorial no espectro do autismo, alfabetização na educação especial e introdução à ABA no Transtorno do Espectro Autista pelo CBI of Miami.

Aprender é reflexo das relações entre ser o humano e o contexto em que está inserido. O processo de aprendizagem se desenvolve à medida que interagimos com o meio e com as pessoas com as quais nos relacionamos. A aprendizagem não se limita a espaços escolares, muito pelo contrário, ela se inicia ainda em família. Quando em contato com nossos familiares, aprendemos a distinguir objetos, texturas, sons, odores, fisionomias, sabores entre outros. A aprendizagem, de forma geral, envolve diversas esferas, sejam elas familiares, sociais, escolares, religiosas.

As crianças com quaisquer deficiências, independentemente de suas condições motoras, cognitivas, sensoriais ou emocionais, são crianças que têm necessidades e possibilidades de aprender, de conviver, de interagir, brincar e se relacionar como qualquer outra.

As diferentes formas de aprender, de ser e agir é o que nos torna únicos e singulares. Não nos cabe discriminar, minimizar e menosprezar a forma como cada um é. As diferenças devem ser vistas não como defeito, incompletude ou incapacidade, mas como pessoas com possibilidades e dificuldades que podem ser superadas ou minimizadas.

O Transtorno do Espectro do Autista (TEA) diz respeito a condições que afetam o desenvolvimento infantil também comumente conhecidos como Transtornos do Neurodesenvolvimento. Tais transtornos se caracterizam por déficits persistentes na interação social e comunicação, além de padrões restritos e repetitivos de interesse e comportamento. Uma abordagem multidisciplinar, que contemple profissionais de diversas áreas, tais como fonoaudiólogos, terapeutas ocupacionais, psicólogos, psicopedagogos, psicomotricistas, nutricionistas, musicoterapeutas entre outros, são essenciais para o avanço significativo no desenvolvimento cognitivo e social das crianças com TEA.

Nas crianças dentro do espectro, o processo de aprendizagem é diferente porque "há uma relação diferente entre o cérebro e os sentidos, então, as informações nem sempre geram conhecimento" (CUNHA, 2009). Portanto, para que ocorra a aprendizagem, é necessário que o professor, o terapeuta ou os pais aprendam estratégias que contemplem o lúdico, o sensório-motor e o imaginário da criança a fim de contemplar o trabalho no campo da interatividade.

Cada um aprende de forma única, de diferentes forma e ritmo, por isso, o termo espectro se dá devido às variações de desafios e habilidades que cada criança tem. É necessário o trabalho com aquilo que lhe chame atenção, que demonstre ter interesse.

Magda Soares, em seu livro *Alfaletrar*, define e distingue muito bem os processos de letramento e alfabetização na educação básica ao afirmar que, alfabetização e letramento são processos cognitivos distintos, que sua aprendizagem e ensino são naturalmente diferentes, enquanto que a alfabetização – a aquisição da tecnologia da escrita – não precede nem é pré-requisito para o letramento, ao contrário, a criança aprende a ler e escrever envolvendo-se em atividades de letramento, sejam elas leitura e escrita. (SOARES, 2021).

A criança, portanto, é capaz de aprender a partir da interação. Seja com a família, os professores e as terapeutas. Aliás, a tríade família-escola-terapia é fator fundamental para a inserção da criança no mundo do letramento. É inicialmente letrando que se alfabetiza. À medida que a criança cresce, vai familiarizando-se com as letras e o convívio com a escrita no contexto familiar e, sobretudo, no ambiente escolar, onde vão sendo proporcionadas novas percepções e aprendizado.

As primeiras formas de manifestação de aprendizagem estão nos desenhos que as crianças reproduzem, pois é por meio deles que traduzem os significados que deram ao que lhes foi ensinado. As primeiras atividades que se percebem apreendidas e que resultam de um processo de interação são, em geral, os gestos como dar tchau, acenar com a cabeça, mandar beijo, bater palmas, imitar sons e ações de animais.

Muitas crianças com TEA possuem, desde muito cedo, interesses específicos, tais como: dinossauros, animais, músicas personagens de desenhos animados, letras, números entre outros. Para muitos pais e professores, esse hiperfoco pode ser algo aflitivo e desconexo da realidade, mas também pode ser uma ferramenta para estimular a aprendizagem de várias habilidades acadêmicas, sociais, percepto-motoras, linguísticas etc. É necessário tornar o hiperfoco uma estratégia funcional que possibilite o ensino-aprendizagem, seja na escola, em casa ou nas sessões de terapia.

São muitas as queixas de pais de autistas relatando que o filho só quer saber de celular, só brinca com dinossauros ou outros animais, que entre escolher quaisquer outros brinquedos da loja, ele escolhe letras, números ou miniaturas de animais e dinossauros. São sempre os mesmos brinquedos. O que fazer para tornar esse hiperfoco como incentivo às diversas aprendizagens?

Antes de tudo, é necessário descobrir qual é o hiperfoco real da criança. É o aparelho celular e suas funções? É o desenho a que assiste? É a música (sonoridade, ritmo, melodia)? É a legenda que chama atenção? São os jogos e o prazer da competitividade ou o desafio que lhe é imposto? São os animais de modo geral ou são os animais pré-históricos como dinossauros, ou ainda, animais específicos como os bichos da fazenda, os pássaros, animais do zoológico?

Os primeiros passos rumo ao letramento são, sem dúvida, a interação entre criança autista e seu terapeuta. A possibilidade de despertar o interesse em se comunicar e interagir pode surgir pelo simples ato de brincar. O ensino pelo lúdico e pela interdisciplinaridade pode possibilitar o aprendizado de vários conceitos acadêmicos de história, geografia, ciências da natureza até chegar no processo de alfabetização. Por meio da manipulação dos animais em miniatura, fantoches ou figuras destes, pode-se ensinar desde noções de tamanho (pequeno, médio, grande porte), alimentação e classificação (se herbívoros, onívoros ou carnívoros), cadeia alimentar, habitat natural (aquático ou terrestre), hábitos (diurno ou noturno), habilidades e características (força, agilidade, instinto protetor); diversidade da fauna onde vivem (floresta, cerrado, campo, bosque, deserto) até a exploração da imaginação e da criatividade, passando por expressões de sentimento e ensino das letras que compõem os nomes dos animais. Ao se trabalhar com os animais, as crianças aprendem mais facilmente diversos conteúdos e habilidades acadêmicas. A exploração a partir da curiosidade que cerca seu hiperfoco faz com que o aprendizado flua de maneira prazerosa e sistemática. E nada mais significativo e estimulante para a criança do que partir de seu hiperfoco, ou seja, a inserção no mundo das letras com livros que trazem como tema aquilo que mais lhe chama atenção.

A utilização da ciência ABA (*Applied Behavior Analysis* – Análise do comportamento Aplicada) no trabalho para aquisição de habilidades acadêmicas, tais como a leitura e a escrita, são essenciais e têm se mostrado cada vez mais eficazes. Por meio de técnicas que trabalham o desenvolvimento das habilidades com a utilização da motivação (reforçadores) e ensino gradual, intensivo, precoce e de constante acompanhamento e aprimoramento, a criança é capaz de interagir com o ambiente e desenvolver habilidades não apenas acadêmicas, mas principalmente as que lhes são de maior dificuldade como as sociointerativas.

É necessário, em primeiro lugar, tornar as letras, palavras, textos e livros algo interessante. O cativar para o mundo do letramento não requer do professor ou familiar a necessidade de uma especialização em transtornos neurológicos, mas entender que para alfabetizar e letrar passa antes de tudo pelo carinho, atenção e afeto dispensados à criança.

Cada sujeito tem sua história, potencialidades e dificuldades e devem ser tratadas com respeito e integridade e a escola deve ser o berço da igualdade. A escola é corresponsável pelo desenvolvimento da criança seja no âmbito cognitivo, pessoal, social e emocional. A fim de contemplar a crescente chegada de mais e mais alunos com TEA nos bancos escolares, a escola há de se estruturar física e pedagogicamente para atender com competência essas crianças neuroatípicas. Faz-se necessário, ainda, adequações metodológicas a fim de se garantir a verdadeira inclusão.

O ensino pelas brincadeiras e jogos na escola potencializam a criatividade e a imaginação, estimulam a memória, a concentração, a capacidade motora e as habilidades lógico-matemáticas, além de se trabalhar a interação social tão necessária às crianças dentro do espectro. A criação de vínculos afetivos possibilita o sentimento de segurança e acolhimento tão fundamental na educação infantil. O brincar ensinando é funcional ao longo de toda infância, já que atua em habilidades linguísticas, cognitivas e socioafetivas, além de mostrar à criança que brincar pode ser divertido.

Segundo a LDB 96, o ensino especial é uma modalidade e, dessa forma, deve estar em consonância com todo o ensino regular, desde o ensino básico à educação superior, sendo subsidiada por decretos, portarias e resoluções que garantem ao aprendiz como necessidades especiais o auxílio de intérpretes, atendimento educacional especializado, tecnologia assistiva e outros recursos que possibilitem seu aprendizado nas salas de aula comum. É papel da escola garantir condições para o pleno desenvolvimento das crianças, assim como planejar, contextualizar e inserir a criança no ambiente educacional.

Com o advento da tecnologia, o uso de equipamentos como Ipods, celulares, tablets, notebooks entre outros, está cada vez mais comum nos lares e nas escolas brasileiras, e tais tecnologias vêm agregar as diversas práticas sociais de leitura e escrita, a saber, os novos gêneros digitais contemporâneos. Uma literatura digital que vem ganhando adeptos na contemporaneidade, repletos de hipertextos e textos multissemióticos. O tempo do multiletramento e da multiplicidade de linguagens é a realidade do atual cenário dos ambientes de aprendizagens.

Os equipamentos tecnológicos podem se tornar grandes aliados no processo de alfabetização, letramento e intervenção das crianças autistas, desde que usados moderadamente e com funções predeterminadas e horários programados. O uso exagerado e contínuo pode acentuar o isolamento social. Por isso, esses recursos precisam ter um objetivo e finalidade. A tecnologia pode agregar maior capacidade do uso de processos intelectuais da criança. Pode levar o mundo à sala de aula e permitir a ampliação de horizontes respeitando os limites e ritmos de aprendizagens diferentes, além de proporcionar conhecimentos tecnológicos necessários para torná-las cidadãs digitais.

Referências

BRASIL. Ministério da Educação. Lei n°12.764. *Institui a política Nacional de Proteção dos Direitos da Pessoa com Transtorno do Espectro Autista; e altera o §3° do art.98 da Lei n°8.112, de 11 de dezembro de 1990.* Presidência da República. Casa Civil. Subchefia Para Assuntos Jurídicos. Disponível em: <http://wwwplanalto.gov.br/civil>. Acesso em: 12 dez. de 2021.

BRASIL. Ministério da Educação. Lei n° 9.394 20 de dezembro de 1996. *Estabelece as Diretrizes e Bases da Educação Nacional* (LDB/96). Diário Oficial da União. Brasília: n° 248, 23 de dezembro, 1996.

CUNHA, E. *Autismo na escola: um jeito diferente de aprender, um jeito diferente de ensinar ideias e práticas pedagógicas.* Rio de Janeiro: Wak Editora, 2020.

GOMES, C. G. S. *Ensino de habilidades básicas para pessoas com autismo: manual para intervenção comportamental intensiva.* Curitiba: Appris, 2016.

JOSEPH, L. et al. *Transtorno do Espectro Autista.* Tradução Lisandra Borges, Luiz Fernando Longuim Pegoraro. São Paulo: Hogreffe CETEPP, 2016.

LIBERALESSO, P.; LACERDA, L. *Autismo: compreensão e práticas baseadas em evidências.* Organização: Elyse Matos, Marília Mendes. Curitiba, 2020.

MANTOAN, M. T. E. *Inclusão escolar: pontos e contrapontos.* São Paulo: Summus, 2006.

ROJO, R.; MOURA, E. *Multiletramentos na escola.* São Paulo: Parábola Editorial, 2012.

SERRA, D. *Alfabetização de alunos com TEA.* Rio de Janeiro: E-Nuppes, 2018.

SOARES, M. *Alfaletrar: toda criança pode aprender a ler e a escrever.* São Paulo: Contexto, 2021.

11

ALUNO COM TEA NO SISTEMA EDUCACIONAL
O DESAFIO DE TRANSFORMAR A INSERÇÃO EM INCLUSÃO

Neste capítulo, os professores e os pais entenderão a importância da técnica e o manejo comportamental do estudante portador do Transtorno do Espectro Autista (TEA). Praticar a intervenção precoce do Plano de Desenvolvimento Individual (PDI) faz toda a diferença no sucesso escolar ao criar estratégias para melhorar a interação e a comunicação social.

**DIRCILENE CREPALDE E
CARMEM CREPALDE**

Dircilene Crepalde

Contatos
www.creative40.com.br
dircicrepalde@gmail.com
Instagram: @dirciIenecrepalde
31 99505 7483

Dircilene é terapeuta ocupacional certificada em Integração Sensorial de Ayres pela CLASI – (EUA); membra associada da Associação Brasileira de Integração Sensorial (ABIS) e Federação Mundial de Terapeutas Ocupacionais (WFOT). Capacitada pela ABIS nos cursos: Fundamentação da Intervenção na Práxis para Crianças com Autismo e Recusa e Seletividade Alimentar na Criança. Fundadora da Clínica Creative e coordenadora da sala de estimulação APAE São Domingos do Prata/MG.

Carmem Crepalde

Contatos
crepalde.carmem@gmail.com
Instagram: @psicopedagoga_carmemcrepalde
31 99869 5467

Carmem é psicopedagoga clínica e institucional, licenciada em Matemática; membra associada efetiva da Associação Brasileira de Psicopedagogia (ABPp). Especialista em Psicomotricidade pelo Instituto Rhema Educação-PN. Atua na área da educação, é psicopedagoga na Clínica Creative e na APAE de Nova Era/MG.

Triagem colaborativa

Como sabemos, o Plano Atendimento Individualizado (PAI), constitui uma ferramenta de extrema importância para as pessoas com TEA, em termos de intervenções. A necessidade de lidar com os manejos comportamentais e os objetivos específicos nos desenvolvimentos emergentes, e dos métodos do professor para atingir os objetivos elencados.

Constatamos, atualmente, inúmeras dificuldades dos alunos com TEA relacionadas à estrutura que contempla os pilares de rotinas, comunicação e socialização. Esses três pré-requisitos são importantes para que o aluno com TEA se sinta acolhido e motivado, no contexto escolar. Segundo Fonseca e Ciola (2016), é de fundamental importância adequar os ambientes, promovendo meios para facilitar o entendimento do mundo, e construir ordem e organização diante das especificidades da pessoa com TEA com baixa funcionalidade.

Com base nas políticas educacionais e na necessidade de apoio em várias áreas de habilidades adaptativas, orienta-se, além das técnicas de ensino estruturado, o uso do Currículo Funcional Individualizado, pois é uma proposta de ensino significativa que visa à melhor qualidade de vida do estudante com TEA. Considerando a característica peculiar desse sujeito no que se refere à inflexibilidade, comprometimento nas habilidades sociais, comunicação, interação e interesses restritos.

Um dos segredos do professor é saber reconhecer a distância entre a matéria ensinada e o sujeito a se instruir. E assim, entre aprender e compreender. Baseado nisso, Góes (2002, p.99) salienta que o desenvolvimento funcional humano está vinculado às condições concretas oferecidas pelos grupos sociais, que podem ser adequadas ou empobrecidas.

Percebe-se que, dessa forma, a criança atípica muitas vezes é vista, pelo que lhe falta, em vez de ser valorizada pelo potencial que tem para o aprendizado. É preciso ter consciência de que esse sujeito em desenvolvimento é um ser único, embora tenha a peculiaridade do autismo.

Esses apontamentos instigam o desenvolvimento do seguinte questionamento: "Em que sentido essa concepção, interfere no processo de aprendizagem da leitura e da escrita na criança portadora de transtorno/dificuldade de aprendizagem?" Na tentativa de compreender ou desenvolver uma problematização de questões, tais como: a falta de orientação; estrutura de recursos pedagógicos e educativos; currículos; métodos e organização específica, para atender às; suas necessidades, a inclusão e integração das pessoas com TEA, entre outros.

Diante disso, Nunes, Azevedo e Schmidt (2013) afirmam que a escola oportuniza a interação entre pares, e contribui para o desenvolvimento de novas aprendizagens e comportamentos. Dessa maneira, se constitui como um recurso fundamental, para enriquecer as experiências sociais das crianças com TEA. Esses posicionamentos dos autores advogam que a sala de aula é espaço de interações, ou seja, lugar em que os discentes e docentes confrontam opiniões e pontos de vista, assegurando assim, seu direito à liberdade de expressão.

Direito de participar dialogicamente, da aquisição da linguagem, da escrita, do direito de responder, indagar, provocar, discutir, confrontar, aderir e concordar. Valendo-se de meios e de processo de ensino-aprendizagem adaptados, lúdicos, considerando a escola como um espaço formativo e como principal instituição de acesso ao conhecimento das diferentes linguagens, em uma perspectiva dialógica e criativa.

Unificando nesse espaço, o chamado de sistema corporativo, em prol de um verdadeiro desenvolvimento, não somente do aluno, mas de todos os componentes envolvidos, tanto da área da educação quanto da saúde. Nesse sistema, cada um de seus personagens agrega o seu potencial e articula dentro do corpo da escola, os artifícios centralizadores desse problema, minimizando e viabilizando a eficácia do treinamento (educação) e do guia psicoeducativo a ser desenvolvido por todos.

As estratégias pedagógicas

A inclusão, como vem sendo discutida no atual cenário da educação brasileira, tem ganhado grande repercussão devido ao novo paradigma que traz em seus objetivos e os desafios enfrentados em tornar a inserção em inclusão, tendo o professor como personagem principal no processo de ensino-aprendizagem, para trabalhar com o público-alvo da educação especial.

Entende-se, então, que para aqueles docentes que lidam diretamente com os estudantes atípicos, é necessário que tenham uma capacitação adequada, com vistas a desenvolver as práticas educacionais e os manejos comportamentais necessários para as crianças com TEA.

A inclusão é um paradigma relativamente novo, e o tempo de formação e experiência em sala de aula não asseguram que as práticas do professor favoreçam um bom processo de ensino-aprendizagem intencional, para lidar com esse público no seu cotidiano.

Vieira e Martins (2013) trazem uma importante reflexão, de que o professor precisa ir além do ensinar, é necessário ter disposição, para criar e elaborar atividades que favoreçam a aprendizagem de seus estudantes. Os autores afirmaram que:

> A criatividade dos educadores ganha uma importância singular, pois é um elemento fundamental para a organização do trabalho pedagógico em nível institucional, como também para as práticas que se desenvolvem nas salas de aula.
> (VIEIRA & MARTINS, 2013.)

De acordo com os autores, os educadores devem sempre se perguntar: como posso ensinar melhor esta lição pedagógica? E refletir se a maneira como nos comunicamos, é o que queremos transmitir.

Manejo comportamental de estudantes com TEA

A escola deve estar preparada para trabalhar os aspectos do desenvolvimento desses alunos que estão atrasados, ajudar a compartilhar as experiências sociais, a ter reciprocidade com o outro, iniciar, dar continuidade e terminar as atividades que exigem regras, rotinas e atividades estruturadas. Os estudantes com autismo apresentam muita dificuldade em fazer todo esse processo. É importante que a escola esteja junto à equipe multidisciplinar que assiste o educando. Entretanto, a escola deve auxiliá-lo e maximizar as oportunidades de aprendizagem. Todos os profissionais devem ter conhecimento profundo do educando com autismo para desenvolver bem o processo de alfabetização, e de adaptação da criança na escola.

Dentre esses saberes, a escola precisa ter consciência das necessidades do autista, e os prejuízos que impactam na vida acadêmica. Corroborando com AMERICAN PSYCHIATRIC ASSOCIATION (2014), é necessário compreender que o estudante com autismo pode apresentar padrões atípicos de comportamento, atividades e interesses. Também é possível que apresente dificuldades na reciprocidade emocional, na habilidade de desenvolver, manter e compreender relacionamentos, assim como na comunicação verbal e não verbal, tanto com seus pares na escola quanto em outros contextos.

A escola deve traçar um planejamento estratégico anual de intervenção escolar. Alguns dos objetivos desse planejamento serão descritos a seguir. Esses objetivos foram executados pelas autoras deste capítulo, durante suas atividades como servidoras públicas nas funções de terapeuta ocupacional e professora/psicopedagoga nas redes municipal e estadual.

Primeiramente, precisa ser feito o mapeamento de quantos alunos autistas estão matriculados e quais os graus de autismo. Dependendo do grau de autismo: leve, moderado ou severo, o aluno vai precisar de um professor de apoio que dê atenção específica, aprofundada e individual. A estrutura curricular deve ser centrada nas características individuais do autista, cada educando precisa ter um currículo adaptado a ele, visto que os modelos tradicionais não atendem às necessidades do estudante atípico.

Diante dessas informações, deve-se fazer o levantamento das necessidades de adaptações do ambiente escolar, quais recursos possuem e quais serão necessários adquirir para acolher a criança autista. De forma a preparar um ambiente com uma variedade de recursos pedagógicos que permitam melhores e mais amplos resultados de aprendizagem, visto que isso estimula o desenvolvimento de mecanismos cerebrais. O estudante com autismo aprende mais usando o visual e o concreto. Figuras, objetos e pistas escritas podem ajudar os alunos a aprender, se comunicar e a desenvolver autocontrole, orientando-os na organização e na previsibilidade. (FONSECA; CIOLA, 2016, p. 20).

Tais objetivos devem estar direcionados dentro de uma visão global, pensando na evolução de vários aspectos, sendo eles: cognição, interação, comunicação e comportamento. Conhecendo o perfil do educando e os recursos disponíveis, a escola realizará a capacitação de toda a equipe, para conhecer o tema, saber o que significa ter autismo, as necessidades e os prejuízos que isso impacta na vida acadêmica.

Também é possível decidir um momento nos módulos coletivos, com os professores responsáveis, para que possa discutir o planejamento intervenção do estudante.

Além de estabelecer no calendário escolar, datas fixas das reuniões com a equipe na área da saúde, com o intuito de discutir e criar estratégias para melhorar o manejo comportamental e as habilidades intelectuais, bem como o material que será trabalhado em sala.

Posteriormente, propor para os profissionais da saúde reuniões para a discussão de caso no âmbito escolar, como o objetivo de conhecer o desenvolvimento intelectual, motor e buscar as informações sobre as potencialidades e as dificuldades do educando. Assim, também a escola deve fazer a devolutiva para os profissionais que estejam assistindo o aluno, para uma melhor adequação da terapia.

Em suma, na nossa vivência no contexto escolar e na área da saúde, podemos fazer uma reflexão sobre "por que", "para que", "o que" e "como" devemos fornecer aos estudantes atípicos estratégias para se desenvolver uma aprendizagem significativa e intencional. Por isso, gostaríamos de propor um exercício, fechando este capítulo com uma reflexão importante. Dê permissão a sua criatividade, e não se importe se algumas respostas lhe causarem desequilíbrio entre a sua prática e o que você deveria realmente fazer. Prefiro ter um aluno que saiba questionar ou apático? Quero vivenciar uma educação com julgamentos ou de experiências? Quero que o TEA seja obediente ou que saiba colaborar? Prefiro domar o comportamento da criança com TEA ou entendê-lo? Desejo controlar a situação atípica ou compartilhar com o estudante suas conquistas?

Referências

AMERICAN PSYCHIATRIC ASSOCIATION. *DSM-5: manual diagnóstico e estatístico de transtornos mentais*. 5. ed. Porto Alegre: Artmed, 2014.

FONSECA, M. E. G.; CIOLA, J. *Vejo e aprendo: fundamentos do Programa TEACCH: o ensino estruturado para pessoas com autismo*. 2. ed. Ribeirão Preto: Book Toy, 2016.

GÓES, M. C. R. de. Relações entre desenvolvimento humano, deficiência e educação: contribuições da abordagem histórico-cultural. In: OLIVEIRA, M. K.; SOUZA, D. T. R.; REGO, T. C. (org.). *Psicologia, educação e as temáticas da vida contemporânea*. São Paulo: Moderna, 2002, pp. 95-114.

NUNES, D. R. P.; AZEVEDO, M. Q. O.; SCHMIDT, C. Inclusão educacional de pessoas com Autismo no Brasil: uma revisão da literatura. *Revista Educação Especial*, v. 26, n. 47, pp. 557- 572, 2013. Disponível em:< >Acesso em: 20 jan. de 2022.

VIEIRA, F. B. A.; MARTINS, L. A. R. Formação e criatividade: elementos implicados na construção de uma escola inclusiva. *Rev. bras. educ. espec.*, Marília, v. 19, n. 2, pp. 225-242, junho 2013. Disponível em: <http://www.scielo.br/pdf/rbee/v19n2/a07v19n2.pdf>. Acesso em: 27 dez. de 2021.

12

A IMPORTÂNCIA DA ACOMODAÇÃO SENSORIAL

Neste capítulo, vamos ampliar o conhecimento sobre acomodação sensorial e seus benefícios para a vida de crianças com Disfunção de Integração Sensorial e Transtorno do Espectro Autista.

FERNANDA CARNEIRO

Fernanda Carneiro

Contatos
fernandacarneiro.isa@gmail.com
Youtube: Fernanda Carneiro
Instagram: @integracao_sensorial
Facebook: @integracaosensorialdeayres
21 98734 8285

Docente do Instituto Federal de Educação, Ciência e Tecnologia do Rio de Janeiro - IFRJ; certificada em Integração Sensorial pela Universidade Sul da Califórnia; especialidade em atendimento de crianças e adolescentes com TEA há mais de 15 anos; formação do Conceito Neuroevolutivo Bobath Infantil; professora convidada da pós-graduação do CBI of Miami; professora convidada da pós-graduação da Academia do Autismo; formação internacional no Modelo Dir-floortime; formação em Seletividade Alimentar e Desfralde; formação internacional de Práxis; formação em Neurociência Integrada na Teoria de Integração Sensorial de Ayres; Capacitação do Treinamento da Medida de Fidelidade; Formação em KinesioTaping; Membro da Associação da Caminho Azul; Ex-Membro da Associação Brasileira de Integração Sensorial (ABIS); Membro da Comissão do Núcleo de Atendimento às Pessoas com Necessidades Específicas do IFRJ; Coautora do livro: Autismo ao Longo da Vida.

As acomodações sensoriais são atividades programadas cuidadosamente, priorizando o conhecimento da base sensorial e a subjetividade de cada criança. Para aprofundarmos mais nas acomodações, precisamos conhecer a teoria de Integração Sensorial de Ayres (ISA) e as Disfunções de Integração Sensorial. A teoria de ISA faz toda diferença para aplicação criteriosa de uma acomodação sensorial. Essas estratégias organizam o Sistema Nervoso Central (SNC), contribuem no processo de regulação sensorial, no processo de aprendizagem, atenção, melhora do comportamento e evita crises sensoriais durante as atividades em casa, na escola e nas terapias.

A Integração Sensorial é o processo neurológico que organiza as sensações e dá informações sobre as condições físicas do corpo e do ambiente ao nosso redor. Para uma criança se mover, aprender e se comportar de forma produtiva é necessário que o cérebro aprenda a se organizar. (AYRES, 1972).

Consideramos uma Disfunção de Integração Sensorial quando o cérebro não está funcionando de maneira organizada e eficiente. Essa ineficiência do cérebro afeta particularmente os sistemas sensoriais, isto é, o cérebro não está processando ou organizando o fluxo de impulsos sensoriais de uma maneira que a criança tenha informações precisas de si e do mundo. (AYRES, 1976, apud 2005).

Ao fornecer uma entrada sensorial benéfica ao longo do dia, podemos criar mudanças profundas e duradouras no SNC que com o tempo se tornarão permanentes (PESKE & BIEL, 2018). Acomodação sensorial também é conhecida como "dieta sensorial" e foi desenvolvida em 1984 por Patrícia Wilbarger, MA., OTR, terapeuta ocupacional americana. Ela também desenvolveu o programa Therapressure, conhecido no Brasil como a técnica da escovação ou programa Wilbarger.

Para descrever um cronograma personalizado de atividades sensoriais, o terapeuta ocupacional precisa aplicar uma avaliação específica de ISA com protocolos e observação clínica para identificar a base sensorial do seu paciente. Essa base vai apresentar as Disfunções de Integração Sensorial e como o terapeuta ocupacional vai intervir no espaço terapêutico seguindo os Princípios da Medida de Ayres e a aplicação das primeiras acomodações sensoriais.

Elas são escolhidas para nutrir e regular os processamentos sensoriais tátil, proprioceptivo, vestibular, visual, auditivo, interoceptivo, gustativo e olfativo e projetada para manter um fluxo dos neuroquímicos estáveis no cérebro ao longo do dia, para um melhor aprendizado e auxiliar o cérebro na regulação da atenção e de um nível adequado de excitação. Esses diferentes tipos de neurotransmissores causam uma liberação de produtos químicos que podem durar até duas horas, dependendo do tipo de entrada e intensidade. (RASMUSSEN, 1995).

As atividades sensoriais favorecem uma adaptação, uma melhor discriminação do ambiente, objeto e pessoas, promovendo respostas adaptativas, isto é, um melhor desempenho ocupacional durante o seu dia. Algumas pessoas podem se sentir sobrecarregadas e precisam chegar a um estado mais calmo; alguns podem se sentir letárgicos ou lentos e precisam de algumas atividades para se sentirem alertas. (BENNIE, 2021).

Um alto percentual (80-90%) de indivíduos com TEA é relatado como tendo distúrbios de processamento sensorial. A alta frequência de indivíduos diagnosticados com TEA que também apresentam comportamentos comumente encontrados com distúrbios do processamento sensorial não é surpreendente, pois os comportamentos que compõem o TEA são semelhantes aos que compõem os distúrbios do processamento sensorial (por exemplo, comportamento inadequado, baixa participação social, aversão a estímulos sensoriais, busca excessiva de estímulos sensoriais). (SCHAAF & MILLER, 2005).

Pesquisas recentes indicam que a modulação adequada facilita o engajamento em ocupações satisfatórias e significativas e que as dificuldades com modulação podem impactar negativamente a qualidade de vida. (BUNDY & LENE, 2019).

A interconectividade do SNC é muito complexa, e muitos fatores influenciam a modulação, algumas entradas são excitatórias e outras inibitórias. (BUNDY & LENE, 2019).

Os problemas de processamento sensorial podem ser divididos em diferentes tipos e subtipos, sendo que o maior é o de modulação sensorial. (PESKE & BIEL, 2018).

A hiporreatividade é a mais desafiadora disfunção porque os indicadores comportamentais são menos claros. A criança recebe o input sensorial com maior lentidão, prejudicando todo processo e codificação neuronal. Pesquisadores recentemente identificaram que 75% das crianças com TEA apresentam hiporreatividade a estímulos auditivos, associada a baixo desempenho acadêmico e interação social. (LANE SJ *et al.*, 2019).

A hiper-reatividade é uma alteração que compromete muito a atenção. A criança fica preocupada com os estímulos que vão causar reatividade e provocar alterações nas emoções e comportamentos, causando, muitas vezes, ansiedade, irritabilidade, fuga, medo.

A resposta defensiva tátil e outras respostas defensivas às qualidades nociceptivas em estímulos sensoriais, representam uma quantidade insuficiente do comportamento inibidor em um sistema funcional projetado para monitorar certo tipo de controle de impulso. A adrenalina liberada durante o estresse desempenha um papel nas manifestações comportamentais da defensividade tátil. (BUNDY E LENE, 2019).

Segundo Wilbarger, a defensividade sensorial é tão perturbadora para a vida de um indivíduo que deveria ser uma preocupação primária na intervenção. A defensividade pode restringir a função e adaptação em todas as áreas do desempenho ocupacional e durante toda a vida do paciente. (BUNDY E LENE, 2019).

O buscador nunca tem o bastante, ele sempre quer mais sensações. Fica em estado de hiperexcitação quando consegue mais de suas sensações preferidas.

Para que a criança tenha os comportamentos regulados, ela precisa de uma boa base na regulação sistêmica, emocional e sensorial. A criança que se irrita com etiquetas toda vez que se move pode ter uma alteração na autorregulação. A criança com problemas sensoriais pode estar muito sobrecarregada com os inputs sensoriais de diversos estímulos (luz, toques inesperados, cheiros e sons). (GARLAND, 2014).

As crianças com TEA são desafiadas física, emocional, mental e socialmente com problemas de autorregulação (GARLAND, 2014). As acomodações sensoriais aplicadas em horários específicos e sendo mensuradas podem diminuir essa sobrecarga e inibir a hiperexitação do cérebro evitando uma desorganização no SNC.

A criança com TEA acaba vivenciando situações rotineiras que causam muita ansiedade, estresse e uma sobrecarga sensorial causando crises como *meltdown* e *shutdown*. A experiência de esgotamento, inércia, colapso e desligamento são partes importantes da vida de alguns indivíduos autistas, incluindo crianças e jovens. (PHUNG *et al.*, 2021).

Meltdown é um fenômeno com expressões variadas pelo qual o autista se sente totalmente sobrecarregado, acompanhado por uma falta de controle e estresse cumulativo. O *meltdown* provoca respostas de ansiedade externa e fluxo de energia. Alguns fatores que contribuem para um colapso não se limitam a demandas sociais, desafiadoras, constrangimentos com comunicação, estímulos emocionais, gatilhos, estímulos sensoriais aversivos. (PHUNG *et al.*, 2021).

Shutdown é semelhante a um desligamento. Se refere a experiências mais internas, nas quais o indivíduo se retira de seu entorno e é acompanhado por uma "dor emocional". O grau em que se pode funcionar durante um desligamento varia de leve (ser capaz de andar e falar) a grave (sentir-se desconectado de seus membros e entrar em posição fetal). (PHUNG *et al.*, 2021).

Algumas estratégias e recursos sensoriais podem diminuir essas crises e favorecer o processo de autorregulação:

- Oferecer um ambiente mais organizado, um espaço sensorial em casa ou na escola.
- O terapeuta ocupacional pode intervir com um arquiteto que aplique a arquitetura sensorial.
- Diminuir sons, telas azuis (TV, tablete e celular).
- Falar usando um tom de voz mais baixo.
- Oferecer recursos para administrar melhor o tempo, como um relógio;
- Oferecer pistas visuais.
- Oferecer mapeamento espacial para a realização de atividades na mesa e no chão.
- Dispor de recursos como:
    - almofadões pesados;
    - cobertor ponderado;
    - lençol de lycra;
    - rede de lycra;
    - abafador (fone auricular);
    - mordedor;
    - kit de texturas;
    - massageador;
    - massagem com pressão profunda.

A integração sensorial de Ayres, muitas vezes, precisa ser a primeira intervenção na vida da criança, para realizar o processo de recodificação neuronal, maturar e organizar o SNC. Com isso, o cérebro fica mais organizado para receber das outras terapias a estimulação sensorial e processar as informações que vão gerar o processo de aprendizagem.

Que todos possam ter a responsabilidade de compartilhar o conhecimento pela luz da ciência.

Referências

AYRES, A. J. What's Sensory Integration? An Introduction to the Concept. In: *Sensory Integration and the Child: 25th Anniversary Edition*. Los Angeles, CA: Western Psychological Services, 2005.

BENNIE, M. What is a sensory diet? *Autism Awareness Centre,* 2021. Disponíve em: <https://autismawarenesscentre.com/what-is-a-sensory-diet/>. Acesso em: 14 set. de 2022.

BIEL, L; PESKE, N. K. *Raising a Sensory Smart Child: The Definitive Handbook for Helping Your Child with Sensory Processing Issues*. Editora: Penguin books, 2018.

BUNDY, A. C.; SHELLY, J. L. *Sensory Integration: Theory and Practice.Philadelphia.* Editora: F.A DAVIS, 2019.

GARLAND, T. *Self - Regulation Interventions and Strategies: Keeping the Body, Mind and Emotions on Task in Children with autismo, ADHD or sensory disorders.* Editora: PESI Publishing & Media, 2014.

PHUNG, J.; PENNER, M.; PIRLOT, C.; WELSH, C. *What I Wish You Knew: Insights on Burnout, Inertia, Meltdown, and Shutdown From Autistic Youth.* Disponível em: <https://www.frontiersin.org/articles/10.3389/fpsyg.2021.741421/full>. Acesso em: 14 set. de 2022.

SCHAAF, R. C.; MILLER, L. J. Terapia ocupacional usando abordagem sensorial integrativa para crianças com deficiências de desenvolvimento. *Retardo Mental e Deficiências do Desenvolvimento.* Disponível em: <https://doi.org/10.1002/mrdd.20067>. Acesso em: 14 set. de 2022.

SHELLY J. L.; MAILLOUX, Z.; SCHOEN, S.; BUNDY, A.; MAY-BENSON, T. A. L.; PARHAM, D.; ROLEY, S. S.; SCHAAF, R. C. Neural Foundations of Ayres Sensory Integration®. Brain Sci. 2019. Jun. 28;9(7):153. doi: 10.3390/brainsci9070153.

THE OT TOOL BOX. *How to Create a Sensory Diet*. Disponível em: <https://www.theottoolbox.com/how-to-create-sensory-diet/>. Acesso em: 14 set. de 2022.

WILBARGER, P.; WILBARGER, J. (1991). *Sensory Defensiveness in Children Ages 1 - 12: An Intervention Guide for Parents and Other Caretakers*. Santa Barbara, CA: Avanti Educational Programs.

/ 13

A APLICABILIDADE DA TERAPIA COGNITIVO-COMPORTAMENTAL FRENTE AO AUTOCUIDADO DE MÃES ATÍPICAS DE PESSOAS AUTISTAS (TEA)

Estudos demonstram evidências referentes ao impacto e ao desenvolvimento de estresse familiar após o diagnóstico do transtorno do espectro autista, pois percebe-se que a descoberta da deficiência em um filho resulta em impacto para famílias atípicas, em especial para mães, que são as principais cuidadoras. Assim, se faz necessário refletir sobre a possibilidade da aplicabilidade da terapia cognitivo-comportamental no processo de autocuidado das mães atípicas.

GLEICIENE ROSÁRIO DOS REIS CRUZ

Gleiciene Rosário dos Reis Cruz
CRP 03/15252

Contatos
linktr.ee/GleicieneRosarioPsi
Instagram: @psigleiciene.rosario
71 98518 1570

Psicóloga, especialista em Terapia Cognitivo-comportamental pela Capacitar/ Unifia; psicopedagogia pela Realiza. Fundadora do Espaço Multidisciplinar Permita-se. Pós-graduação em Análise do Comportamento Aplicada ao TEA pelo Instituto Nacional de Ensino e Pesquisa (INESP); neuropsicóloga pela IPOG; doutoranda em Psicologia pela UCES; e docente de graduação e pós-graduação em instituições privadas da Bahia.

Introdução

Pode-se conceituar o transtorno do espectro autista como uma díade sintomatológica, caracterizada como uma síndrome clínica marcada por uma deficiência persistente e significativa da comunicação social, padrões restritivos, repetitivos de comportamentos e interesses.

Como mãe atípica e profissional que acolhe as famílias e pessoas atípicas, percebo o quanto o autocuidado é essencial na evolução da pessoa atípica. Pois, a chegada de um novo membro da família é sempre acompanhada por expectativas por partes dos pais e familiares que almejam que seu filho e novo membro da família seja saudável. Hoje por exemplo temos chá de revelação, chá de fraldas, que são manifestações da grande expectativa que é se ter um filho. Quando a família se depara com a notícia de que a criança tem o transtorno do espectro autista (TEA), há um impacto frente a idealização criada, seus sonhos projetados frustram-se, e com podem ser necessárias mudanças na dinâmica familiar. Então surge a necessidade de desenvolvimento de estratégias de enfrentamento/*coping* para lidar com a nova e desafiadora realidade. Diversas pesquisas têm investigado a natureza dos eventos causadores de estresse e a relação com características da pessoa com TEA exerce sobre os familiares, inclusive comparadas a soldados em guerra. Deve-se considerar as formas utilizadas pelos familiares para lidar com o estresse e o desenvolvimento das estratégias de *coping* utilizadas frente a situações decorrentes do quadro de TEA apresentado pelos seus filhos.

Colaborando com o exposto, Smeha e César (2011) afirmam que normalmente, a mãe é quem assume o papel de cuidadora, sendo este mais um ponto de dificuldade para os familiares, pois a figura materna muitas vezes, renúncia sua carreira profissional para cuidar integralmente de uma criança que vai necessitar de cuidados desde o momento do seu diagnóstico e no decorrer de sua vida. A rotina de cuidados é uma tarefa árdua, difícil e cansativa, pois compreende tarefas estressantes e cotidianas, como alimentação, organização do ambiente, organização de hábitos e higiene, transporte, apoio em tarefas escolares e acompanhamento do autista nas atividades rotineiras e recreativas. Essas rotinas costumam ser sobrecarregadas de desgaste físico, emocional e psicológico.

No caso das mães de pessoas com transtorno do espectro autista, o conhecimento a respeito de si mesmo, identificando suas emoções, com a ajuda da terapia cognitivo-comportamental, elas aprenderão habilidades para solucionar problemas, promovendo uma melhor qualidade de vida. Diante da necessidade de levantar maiores informações sobre os desafios de mães atípicas frente ao Transtorno do Espectro Autista (TEA), o breve artigo tem como objetivos realizar um levantamento de reflexões acerca de dados da aplicabilidade da terapia cognitivo-comportamental frente ao autocuidado de mães atípicas de pessoas autistas.

O papel do psicoterapeuta cognitivo-comportamental frente ao autocuidado de mães atípicas de pessoas autistas(TEA)

O papel do psicoterapeuta frente a demanda com as famílias e pessoas com TEA são amplas, o que diz respeito às técnicas e intervenções utilizadas. Segundo Bereohff (*apud* GAUDERER, 1997), a complexidade do quadro de autismo e as dificuldades encontradas para se desenvolver uma estrutura em sua abordagem enfatizam cada vez mais a necessidade da multidisciplinaridade dos profissionais envolvidos nesse processo.

A Terapia cognitivo-comportamental é uma ciência que vem crescendo muito nas últimas décadas e despertando o interesse de diversos profissionais. É uma terapia voltada para a resolução de problemas do paciente. Geralmente é breve e tem eficácia científica e experimental. A partir das definições de Beck, em 1960, houve transformações no tratamento de alguns transtornos, com a sua técnica cognitiva.

Técnicas diferentes podem ser usadas, dependendo do perfil cognitivo do transtorno, fase da terapia e conceitualização cognitiva específica de um determinado caso (KNAPP; BECK, 2011). A terapia cognitiva é colaborativa, em um processo que ambos, terapeuta e paciente, têm papel ativo. A Terapia Cognitivo Comportamental (TCC) é na atualidade uma das terapias mais eficientes para tratamento dos cuidadores do TEA, pois estabelece um processo dinâmico e colaborativo. Uma série de técnicas cognitivas são usadas na TCC, como identificação, questionamento e correção de pensamentos automáticos, retribuição e reestruturação cognitiva, ensaio cognitivo e outros procedimentos terapêuticos de imagens mentais. Entre as técnicas comportamentais estão, por exemplo, agendamento de atividades, avaliações de prazer e habilidade, prescrições comportamentais de tarefas graduais, experimentos de teste da realidade, *replays*, treinamento de habilidades sociais e técnicas de solução de problemas (KNAPP; BECK, 2011). O tratamento inicial é focado no aumento da consciência por parte do paciente de seus pensamentos automáticos, e um trabalho posterior terá como foco as crenças nucleares e subjacentes. O tratamento pode começar identificando e questionando pensamentos automáticos, o que pode ser realizado de maneiras diferentes (KNAPP; BECK, 2011).

O Programa de Treinamentos de pais (TP) como uma das possibilidades da TCC que pode colaborar com eles no que tange a questões relacionadas ao TEA, visto que busca ensinar aos pais a reforçarem de forma positiva comportamentos da criança ou adolescente que considerem importante manter, através de diversas técnicas. Pesquisas mostram que as pessoas que fazem a TCC para vários tipos de problemas em particular, para ansiedade e depressão, permanecem estáveis por mais tempo. Depressão e ansiedade são sintomas, muito comuns em cuidadores de pessoas com algum transtorno ou deficiência. Isso significa que as pessoas adeptas da TCC têm recaídas com menos frequência do que as que optam por outras formas de psicoterapia ou somente fazem uso de medicação. Esse resultado positivo é obtido em parte por conta dos aspectos psicoeducativos da intervenção. A eficácia do treinamento parental de pessoas autistas, percebe-se que em várias pesquisas trazem dados de comparação em diferentes métodos no qual relatam a melhora na qualidade de vida dos cuidadores e estresse parental. Roberts *et al.* (2011) apontam resultados positivos para os pais em relação a sua percepção de qualidade de vida, mas não em relação ao estresse parental. McConachie *et al.* (2005), relatam não haver diferença entre o grupo experimental e o grupo controle, quanto ao estresse parental. Em contrapartida, os estudos de Silva, Schalock, & Ayres (2011) e Silva, Schalock & Gabrielsen (2011), que trabalharam com a regulação sensorial das crianças, relatam diminuição do estresse parental após a melhora de seus filhos. Porém muitas variedades de objetivos das pesquisas sobre a eficácia do treinamento parental, traz pouca possibilidade de comparar com a eficácia da psicoeducação considerando a a abordagem da terapia cognitiva comportamental, mesmo aqueles estudos que tinham um mesmo foco não utilizaram de métodos semelhantes, o que implica da dificuldade de padronização das intervenções das pesquisas em si, levando a uma dificuldade de comparação entre os resultados obtidos.

Considerações Finais

Foi observado através deste estudo, que há um reduzido número de produções na área para literatura acerca da aplicabilidade da terapia cognitivo-comportamental frente ao autocuidado de mães atípicas de pessoas autistas.

A família, ao se deparar com o diagnóstico de TEA, tende a buscar e coletar mais informações sobre o diagnóstico estabelecido. Entende-se que, quanto mais cedo a criança for diagnosticada e iniciar o tratamento, maiores serão as possibilidades de desenvolvimento dentro de suas capacidades físicas e mentais

Nota-se que o diagnóstico TEA provoca desconfortos na constituição familiar. É relevante sugerir que a família desse indivíduo participe do tratamento, possibilitando aumentar o estímulo ao seu desenvolvimento, além de proporcionar a desconstrução de rótulos e inverdades sobre o transtorno. É necessário que os pais revisem suas práticas parentais em busca de promover repertório mais adequado para crianças e adolescentes com TEA, e promoção do autocuidado das mães e cuidadores, com foco de promover a qualidade de vida da pessoa com TEA e de sua família, com o objetivo de diminuição de estresse, ansiedade, depressão e impulsionar a produção de melhores estratégias de enfrentamento para lidar com o transtorno do espectro autista.

É importante estimular a família à consciência sobre a importância de cuidar de si mesma, o que é pouco evidenciado em pesquisas sobre mães e cuidadores de pessoas com TEA, pois muitas abdicam da vida social e pessoal, em prol da nova rotina de cuidados com o filho. Como papel da psicologia está, também, auxiliar as mães e familiares a lidarem com suas próprias emoções e, também, a pensar em estratégias de promoção e qualidade de vida familiar, no intuito de facilitar e amenizar as barreiras enfrentadas diariamente. Compreende que a família, e muitas vezes a mãe, principal cuidadora, abdica de seu lazer, seu trabalho, sua vida em prol do zelo e cuidado do filho, esquecendo que a qualidade do cuidado prestado, vai depender também do estado de bem-estar físico, psicológico e social dos cuidadores. A terapia cognitivo comportamental, traz possibilidades de intervenções, como a Psicoeducação, como a proposta de refletir se as estratégias de enfrentamento/*coping* pelas famílias são funcionais na resolução do problema, possibilitando ampliar o conhecimento de novas estratégias.

As técnicas da terapia Cognitiva Comportamental mostram-se eficazes para colaborar com os pais a adquirirem um manejo melhor dos comportamentos dos filhos, e motivar que crianças e adolescentes diagnosticadas com este transtorno desenvolvam comportamentos sociais saudáveis e promover o autoconhecimento dos cuidadores.

Eu como mãe atípica de Thierry, e como terapeuta de outros pacientes e famílias atípicas, vivenciei e vivencio a importância do autocuidado das famílias no âmbito de saúde mental para e desenvolvimento do processo de seus filhos e deixo um recado imprescindível. A autoestima, autocuidado, autoempatia, autocompaixão fazem parte dessa saúde mental. O autocuidado das mães atípicas é essencial para o desenvolvimento do filho autista.

Referencias

ABREU, A. *et al.* Treinamento de pais e autismo: uma revisão de literatura. Ciências & Cognição, v. 21, n. 1, 2016.

AMERICAN PSYCHIATRIC ASSOCIATION. *Manual diagnóstico e estatístico de transtornos mentais – DSM V*. Tradução Maria Inês Corrêa Nascimento et al. 5.ed. Porto Alegre: Artmed, 2013.

BARLETTA, J. B. Avaliação e intervenção psicoterapêutica nos transtornos disruptivos: algumas reflexões. *Revista Brasileira de Terapias Cognitivas* 7.2 (2011): 25-31.

BOSA, C. A.; SEMENSATO, M. R. A família de crianças com autismo: contribuições clínicas e empíricas. In: SCHMIDT; C. (org). *Autismo, educação e transdisciplinaridade*. 2. ed. Campinas: Papirus, p. 2-50, 2013.

BRASIL. MINISTÉRIO DA SAÚDE, SECRETARIA DE ATENÇÃO À SAÚDE. *Diretrizes de atenção à reabilitação da pessoa com Transtorno do Espectro do Autismo (TEA)*. Brasília, 2013.

COLL, C. P. J.; MARCHESI, A. (org) Desenvolvimento psicológico e educação. *Psicologia da educação*. vol.2. Porto Alegre: Artmed, 2004

COSTA, S. C. P. *O impacto do diagnóstico de autismo nos pais*. 183f. Dissertação (mestrado em Ciências da Educação). Universidade Católica Portuguesa, Centro Regional das Beiras, Viseu, 2012.

FÁVERO, M. Â. B; SANTOS, M. A. Autismo infantil e estresse familiar: uma revisão sistemática de literatura. *Psicologia: reflexão e crítica*. Porto Alegre, v. 18, n. 3, p. 358-69, 2005.

FERNANDES, A.; NEVES, J.; SCARAFICCI, R. *Autismo*. São Paulo: UNICAMP, 2011.

FERREIRA, J. C. P. Estudo exploratório da qualidade de vida de cuidadores de pessoas com perturbação do espectro do autismo. Porto, 2009. Dissertação (Monografia em Educação Física); Faculdade de Desporto; Universidade do Porto, 2009.

FIAMENGHI J. G. A.; MESSA, A. A. Pais, filhos e deficiência: estudos sobre as relações familiares. *Psicologia: ciência e profissão*, v. 27, n. 2, p. 236-45, 2007.

GADIA, C. *Aprendizagem e autismo: transtornos da aprendizagem: abordagem neuropsicológica e multidisciplinar*. Porto Alegre: Artmed, 2006.

GOLEMAN, D. *Inteligência emocional*. Rio de Janeiro: Objetiva, 1995.

SAPIENZA, G.; PEDROMÔNICO, M. R. M. Risco, proteção e resiliência no desenvolvimento da criança e do adolescente. *Psicologia em estudo*, v. 10, n. 2, p. 209-216, 2005.

SCHMIDT, C.; DELL'AGLIO; D. D.; BOSA, C. A. Estratégias de coping de mães de portadores de autismo: lidando com dificuldades e com a emoção. *Psicologia, reflexão e crítica*. Porto Alegre, v.20, n.1, p.124-131, 2007.

# 14

AS INFINITAS POSSIBILIDADES DE ADAPTAÇÃO CURRICULAR PARA O TRANSTORNO DO ESPECTRO AUTISTA

Mesmo com muitas barreiras ao longo da caminhada, a inclusão de crianças com necessidades educativas especiais está cada vez mais presente nas instituições de ensino. Embora haja um plano de ensino individualizado, se não entendermos alguns pontos importantes que serão tratados aqui, estaremos longe de atingir uma adequação pedagógica que será a ideal para cada indivíduo.

JACQUELINE C. DARAIA

Jacqueline C. Daraia

Contatos
atendimento.semeare@gmail.com
Instagram: @semeareaprendizagens
Facebook: @semeareaprendizagens
41 99232 8665

Mãe da Sophia. Pedagoga e pós-graduada em Neuropsicologia. Dos 20 anos que atua como profissional da Educação, 13 anos foram dedicados à coordenação pedagógica. Em 2021, aceitou o desafio de dirigir uma grande e tradicional instituição de ensino na cidade de Curitiba. Adepta e sensível em relação à diversidade, despertou um forte interesse pelos processos que permeiam a inclusão. Fundadora da empresa Semeare (Desenvolvendo Aprendizagem), encontrou o caminho para auxiliar as famílias e escolas na adaptação curricular. Dentro de uma abordagem sistêmica e objetiva, acredita que a união da equipe multidisciplinar (escola, terapeutas e família) fará toda a diferença para o sucesso da adaptação curricular e, consequentemente, o desenvolvimento pleno da criança.

Quando falamos sobre o tema inclusão, é importante entendermos a necessidade de repensar todo um sistema, começando pelas formações dos professores, seguindo para o alinhamento do trabalho da coordenação pedagógica das instituições de ensino e a consonância com o trabalho terapêutico. A união dessas frentes, com a participação e o apoio da família, formará uma equipe multidisciplinar essencial para o crescimento da criança ou do adolescente de inclusão.

Neste capítulo conversaremos sobre o Transtorno do Espetro Autista (TEA), mas esse novo olhar, essa retomada de consciência para um novo processo, eficaz e realmente direcionado, deve ser considerado para os demais transtornos do neurodesenvolvimento.

Cada criança é única, dotada de múltiplas habilidades, próprias do desenvolvimento da primeira infância, marcada do nascimento até os seis anos de idade. Nesse período as conexões neurais estão a todo vapor, o número de neurônios nessa fase é algo impressionante, por isso os estímulos são tão importantes.

Entendendo a criança autista

O autista, independentemente de suas particularidades, também caminha neste mesmo processo. O que ocorre é que essa criança autista sente, ouve e vê o mundo de forma diferente, de uma maneira que normalmente pessoas "típicas" não percebem. Alguns sons têm um grau de intensidade maior, certos barulhos podem ser perturbadores demais. Muitas vezes, detalhes que passam despercebidos para as demais crianças são notados pelo indivíduo com neurodesenvolvimento "atípico". Pode apresentar dificuldades para fazer contato visual, tem o comportamento caracterizado por estereotipias verbais e motoras, e há uma hipersensibilidade tátil, anda na ponta dos pés, não gosta de ser tocada e não se sente à vontade ao tocar ou pisar em determinadas texturas.

Aqui foram citadas algumas patologias do Transtorno do Espectro Autista (TEA), há tantas outras características perceptíveis ou não aos nossos olhos. Alguns comportamentos são notados logo nos primeiros anos de vida, quando não percebidos pela família, espera-se que a escola entenda esses comportamentos e solicite aos pais uma avaliação neurológica. Por outro lado, há reações não perceptíveis. Em alguns casos, o indivíduo é diagnosticado tardiamente, na adolescência ou na vida adulta.

Em termos de diagnósticos, quanto antes entendermos que a criança é portadora de autismo, ações importantes serão tomadas. Dentro do desenvolvimento infantil, temos um processo que chamamos de janelas de oportunidades, isso significa que dentro dessa sistemática existem períodos em que o aprendizado acontece mais facilmente e quando o ambiente proporciona os estímulos corretos.

O autismo varia do grau mais leve ao severo e a classificação internacional de doenças, o CID, que é um manual elaborado pela organização mundial da saúde (OMS), explica de forma clara e simples sobre transtornos e doenças. O CID – 11 significa que este documento é a última revisão publicada e o Transtorno do Espectro Autista está classificado com o seguinte código alfanumérico: 6A02, identificados da seguinte forma:

- 6A02.0: Transtorno do Espectro Autista sem deficiência intelectual, com comprometimento leve ou ausência da linguagem funcional;
- 6A02.1: Transtorno do Espectro Autista com deficiência intelectual, com comprometimento leve ou ausência da linguagem funcional;
- 6A02.2: Transtorno do Espectro Autista sem deficiência intelectual, com linguagem funcional prejudicada;
- 6A02.3: Transtorno do Espectro Autista com deficiência intelectual, com linguagem funcional prejudicada;
- 6A02.4: Transtorno do Espectro Autista sem deficiência intelectual, com ausência de linguagem funcional;
- 6A02.5: Transtorno do Espectro Autista com deficiência intelectual, com ausência de linguagem funcional;
- 6A02.Y: outro Transtorno do Espectro Autista especificado;
- 6A02.Z: Transtorno do Espectro Autista não especificado.

Algumas vezes o autismo vem acompanhado de algumas comorbidades, isso significa que pode haver associações com outros transtornos. O Transtorno de Déficit de Atenção e Hiperatividade (TDAH), o Transtorno Opositor Desafiante (TOD), ansiedade, deficiência intelectual, distúrbios do sono e altas habilidades são alguns deles.

Pode acontecer das comorbidades serem diagnosticadas antes do autismo e existir similaridades entre os dois.

O movimento em prol do autismo

Dia 02 de abril é o dia Mundial da Conscientização do Autismo, data definida pela Organização das Nações Unidas (ONU) no ano de 2007. A cor que represente este movimento é a azul, marcada pela maior incidência dos casos nos indivíduos do sexo masculino; para cada uma menina, há quatro meninos com TEA.

A fita formada por quebra-cabeças coloridos é um símbolo que representa o autismo, criado em 1999 retrata a diversidade e a inclusão social, as cores vibrantes simbolizam a esperança em relação às intervenções e à conscientização da sociedade.

Recentemente foi sancionada a Lei 13.977, no ano de 2020, que institui a Carteira de Identificação da Pessoa com Transtorno do Espectro Autista (Ciptea), que garante atenção integral, prioridade e pronto atendimento de acesso aos serviços públicos e privados nas áreas da saúde, educação e assistência social. Essa lei ficou conhecida como Lei Romeo Mion, em homenagem ao filho do apresentador Marcos Mion, portador do TEA. Para identificar essas prioridades, os estabelecimentos poderão utilizar esta imagem:

As adaptações para a criança autista

Para iniciarmos uma adaptação curricular, é imprescindível que a equipe pedagógica conheça as características do transtorno da criança e suas comorbidades. Sendo assim, o investimento em formações, cursos, leituras e trocas com profissionais de outras áreas (neurologistas, fonoaudiólogas, psicólogas, terapeutas ocupacionais e psicomotricistas) permitirá um currículo adaptado coerente para o autista, levando-o ao aprendizado, sem que haja defasagens de conteúdo.

Hoje, com a facilidade das formações on-line, muitas famílias com filhos autistas mergulham nas teorias, aprofundando-se naquilo que realmente é essencial para um desenvolvimento pleno de seus filhos. Esse engajamento estruturou uma grande rede para troca de experiências, fortalecendo o conhecimento sobre o tema. Por isso, família e escola, sem sombra de dúvida, serão o alicerce para a construção do currículo adaptado.

A segurança e confiança em relação à escolha da instituição de ensino também é um ponto fundamental. Conhecer o projeto político pedagógico, saber que vertente pedagógica a escola segue será determinante para o processo de estruturação da adaptação curricular, pois é dentro do que a instituição de ensino acredita que as diretrizes serão esquematizadas. Não adianta a criança frequentar uma escola de linha tradicional se o melhor para ela é um ensino construtivista.

Há muitos anos trabalho em escola e, ao atender as famílias no processo do ciclo para novas matrículas, algumas vezes recebo a seguinte pergunta: Vocês trabalham com inclusão? Nesse momento acolho os pais, explicando que sim, que trabalho em uma instituição que apoia e desenvolve um projeto de inclusão, cito alguns exemplos do que fazemos em relação às adaptações curriculares e deixo a família confortável para falar sobre seu filho. Depois dessa conversa, normalmente vem uma segunda pergunta: E como vocês fazem para adaptar? Como seria uma adaptação para o meu filho? Em relação a esta pergunta, sou muito transparente ao responder: Não sei! Mas juntos vamos construir. Temos, enquanto equipe pedagógica, uma ideia, um norte do que será necessário, mas é primordial que eu conheça o seu filho. Solicitar um relatório do neurologista ou demais terapeutas, pareceres descritivos das escolas anteriores, caso a criança tenha frequentado, é o segundo passo após essa primeira conversa.

O segundo ponto, que eu acredito ser o mais importante, é conhecer a criança. No início do ano letivo, é prudente que a escola solicite reuniões imediatas com as famílias e equipe terapêutica. A instituição de ensino pode montar um documento, como uma anamnese, por exemplo, isso facilitará o entendimento dos professores e coordenação pedagógica, do momento do diagnóstico até as primeiras ações tomadas pela família em relação aos tratamentos. As trocas precisam ser constantes e é normal que, no início, os professores se sintam inseguros nos direcionamentos. O principal questionamento é: será que estou adaptando de forma correta? Está fazendo sentido para o meu aluno de inclusão?

A grande questão é que não existem adaptações prontas. Nunca uma mesma adaptação curricular poderá ser aplicada para várias crianças. De fato, precisamos compreender o grau de autismo da criança, suas necessidades, facilidades e qual é a linha de tratamento escolhida pela família. Ou seja, é realmente um processo que será construído conforme os avanços e necessidades do aluno. Inicialmente, após considerarmos os temas já levantados aqui, temos um ponto de partida, mas saber como termina não será possível, pois a adaptação curricular deve ser flexível, temos que ter espaço para redirecionar, voltar e recomeçar, testar e experimentar recursos disponíveis.

Quando falamos em currículo, precisamos nos voltar para a Base Nacional Comum Curricular (BNCC). Os campos de experiência precisam ser considerados para a adaptação, bem como as dez competências gerais impostas pelo documento, sendo elas:

1. conhecimento;
2. pensamento científico, crítico e criativo;
3. repertório cultural;
4. comunicação;
5. cultura digital;
6. trabalho e projeto de vida;
7. argumentação;
8. autoconhecimento e autocuidado;
9. empatia e cooperação;
10. responsabilidade e cidadania.

Não podemos confundir adaptação curricular com exclusão de conteúdo. O que pode ser feito é uma readequação de uma série para outra e, nesse sentido, trabalhar com os conteúdos em formato espiralado é a melhor alternativa. A Base Nacional Comum Curricular sugere a progressão espiralada dos conteúdos, isso significa que um determinado tema pode voltar a ser apresentado para o aluno nas séries seguintes, com um maior grau de complexidade. É uma aprendizagem contínua, com mesmos conteúdos em diferentes momentos, proporcionando uma visão global dos temas apresentados.

Essa readequação deve constar no planejamento anual docente, ou seja, podemos caminhar com o planejamento estruturado para a turma de um modo geral e em paralelo com o planejamento que passou por critérios de readequações para o aluno autista.

O próximo passo é entendermos se a criança precisa de uma tutora. Nem sempre será necessário e, mesmo que por um determinado tempo seja essencial, o ideal é que a presença dessa tutora ocorra por um período, pois dentro da evolução do trabalho a autonomia é um dos objetivos.

Conforme o grau de dificuldade, os recursos precisam ser avaliados. A rotina precisa ser bem estabelecida, sendo assim, cartazes, painéis ou até placas indicando quais serão as próximas atividades podem trazer tranquilidade para a criança do espectro autista. Os registros serão em cadernos normais ou o ideal são os portfólios? A criança necessita do disco sensorial ou massinha de modelar para se regular? Na hora do recreio, se o pátio é compartilhado com muitas turmas e, com isso, o som das crianças brincando, conversando ou jogando é alto demais, uma abafador trará mais conforto para este aluno? Essas indagações devem ser discutidas com a equipe multidisciplinar e a escola pode sugerir outros recursos. É importante ressaltar que todas as tentativas são válidas. Erros e acertos caminham juntos até entendermos qual é o melhor formato ou recurso. Após um período caminhado em uma mesma direção, as alterações são indispensáveis.

O material didático também pode ser adaptado. Textos e enunciados devem ser reescritos para se adequarem à proposta de adaptação. Elementos do interesse da criança é uma boa alternativa para constar nas atividades. Perguntas muito complexas podem ser mais objetivas, substituir textos por imagens trará maior compreensão para determinados assuntos.

As avaliações passam pelo mesmo crivo. Ela deve ser formal ou informal? Terá um caráter avaliativo ou diagnóstico? Novamente repito, não há problema algum começarmos de uma forma e modificar a metodologia gradativamente. A apresentação da avaliação também fará diferença para melhor assimilação. Alinhar com a equipe se o texto todo será digitado em letra caixa alta, com palavras-chave em negrito, com tamanho e espaçamento maior, se ocupará só a frente da folha, se será impressa em folha A4 ou A3, são estratégias que contribuirão para o sucesso da adaptação curricular.

São inúmeras alternativas. Conhecer a criança autista e entender o que será melhor para o seu aprendizado, em cada etapa da vida escolar, será fundamental para que no futuro a adaptação curricular seja mínima.

Referências

BRASIL. Ministério da Educação. Base Nacional Comum Curricular (BNCC). *Educação é a base.* Brasília. 2018.

15

OS HOLOFOTES NAS RUÍNAS

Quando seus dois filhos recebem o diagnóstico de autismo, a mãe se isola e cria um redemoinho de comparações dolorosas com o surreal mundo dos típicos. O convívio dos pequenos autistas com as pessoas próximas traz a redescoberta de suas essências e um rumo para suas vidas.

JULIANA EILI SUZUKI

Juliana Eili Suzuki

Contato
jueili@yahoo.com.br

Bacharel em Direito no Japão e pedagoga. Tradutora nos idiomas japonês e português. Flautista pela Ordem dos Músicos do Brasil.

"Eu sei tudu".

Era a primeira vez que Léon falava em seus 5 anos. Sua mãe tentava auxiliá-lo a segurar um punhado de geleca com uma pinça que mal cabia na sua mãozinha. Segundos depois, emendava a segunda frase "Quase tudu", deixando escapar a geleca de sua pinça.

Seu irmão Louis, 2 anos mais velho, recebera o diagnóstico do autismo bem antes desse acontecimento épico. Embora tivesse desatado a falar, Léon acabaria recebendo o mesmo diagnóstico.

Dizem que não existem autismos iguais. É fato.

Louis passou dois anos se alimentando apenas de leite e macarrão com molho vegetal. Que o macarrão fosse de uma marca específica e que o molho fosse caseiro eram imperativos. Quando Léon nasceu e os familiares tiveram que se adequar a sua intolerância à lactose, ninguém ficou surpreso. Era mais um bebê exigente. Revezava-se para buscar as fórmulas especiais importadas em farmácias.

Um dia, Louis avançou sobre a mesa do almoço e apanhou um pedaço de frango cozido no molho de soja. Conquistava sua emancipação alimentar. Léon não teve a mesma sorte e a sua restrição alimentar o acompanharia desde sempre.

Numa noite, logo que completou 1 ano, Louis passou a despertar de madrugada e, de pé no berço, pôs-se a rir histericamente. Começou a fazer trejeitos estranhos e repetitivos durante o dia. A mãe aboliu as sonecas das tardes na tentativa de recuperar o ritmo biológico do bebê, o que surtiu efeito em uma semana.

Embora o pequeno hiena tenha desistido de gargalhar durante a madrugada, os trejeitos estranhos e repetitivos de quando estava desperto não cessaram. Louis parecia um passarinho batendo as asas querendo voar para longe. O contato visual era tímido, a pouca fala que existia desaparecia por completo.

Os adultos eram usados como braços de guindastes para concretizar seus pedidos. Apesar de algumas interrogações da família, crescia um bebê sorridente.

Seu irmão Léon foi um bebê carente e contraditoriamente independente. Já na maternidade, quando nasceu, a anestesista teve que empurrá-lo pelo corte da cesárea afora, pois ele estava decidido que não sairia da barriga da mãe. Embora carente, mostrava seu lado autônomo quando se entretinha com brinquedos de encaixar e quebra-cabeças. Não usava ninguém como guindaste, tomava sozinho a mamadeira e avisava quando era a troca da fralda. Só não falava.

Aparentemente os irmãos não davam a mínima para a questão ecológica, pois os desfraldes vieram bem tardios. A mãe, em tom apelativo, dava-lhes o ultimato: "Quando completarem 5 anos, esqueçam as fraldas, pois a mamãe está falida!". Felizmente, tal qual premeditado, a mãe foi poupada dos altos custos das fraldas descartáveis assim que se comemoraram os respectivos aniversários.

A mãe, por sua vez, andava sempre cansada dos afazeres domésticos e tirava seus cochilos quando possível. Os irmãos agiam prontamente quando percebiam que a mãe apagava. Louis arrastava seu cobertorzinho encardido para cobri-la. Léon, sem hesitar, vinha engatinhando e escalava na mãe como um alpinista a conquistar o Everest, e se debruçava contente nela. No final das contas, cochilavam os três aconchegados.

Quem desconhece o universo autista escuta desconcertado esses e outros episódios. Uns não sabem reagir, outros dão condolências. "Se eu fosse você, com dois autistas, já teria enlouquecido", comentou uma amiga.

Uma mãe que lida com algum tipo de deficiência acaba recebendo o título de guerreira. A verdade é que o diagnóstico é como a terra de ninguém. Sabe-se que aí não existem inimigos e não tem como guerrear. Apenas se põe a abaixar a cabeça até ser ostracizada do maravilhoso mundo dos típicos. Aprende-se rapidamente que não existe inclusão de uma criança autista nas políticas públicas, bem como em curvas genéricas de desenvolvimento. O autista acaba virando estatística e cai em esquecimento.

Juliana, a mãe que ainda não perdeu seu juízo, levava uma vida frenética antes de ser escolhida por Louis e Léon. Brasileira, filha de imigrante japonês, nascida e criada em São Paulo, formou-se em Direito no Japão. Durante a estada, vivenciou a fascinante técnica dos japoneses no ensino de seu complexo idioma, com dois alfabetos e milhares de ideogramas para estudantes estrangeiros.

Seu ganha-pão se dividia entre as traduções e as artes. Tratou de seguir os caminhos de seu pai e seu irmão, que consolidavam uma carreira robusta como tradutor e intérprete de idiomas japonês e português. Atuava como flautista e ainda montava e dirigia espetáculos com música percussiva japonesa, que era o seu maior deleite. Nunca se queixava do cansaço.

Em meio a esse ritmo alucinante de ocupações, a maternidade veio de fininho. A nova rotina foi se acomodando aos poucos até subitamente ser acometida por um abalo grande.

Um tsunami, com suas grandes ondas enfurecidas, engolia devagar tudo que via pela frente: as traduções, os shows, o casamento. Dos escombros, restaram apenas uma mãe estarrecida e duas crianças inocentes.

Foi exatamente assim a chegada dos diagnósticos do Transtorno do Espectro Autista do Louis e do Léon.

No caso do Louis, a desconfiança do pediatra pelos seus comportamentos atípicos crescia a cada consulta de rotina quando completou 1 ano. A suspeita se confirmaria por um médico especialista para o qual a escolinha encaminhara.

A despeito da dúvida que sempre pairava no ar, o diagnóstico foi como uma pancada na cabeça. Mesmo baqueada pelo martelo batido, a mãe até tentou um esforço para descobrir, ainda na consulta, se ao menos existiam escolas próprias para autistas.

A resposta do médico, sem melindres, foi seca e profissional: "Isso não é da sua alçada. E traga o caçula, pois provavelmente ele também dever ser." Neste dia, mãe e filho saíram do consultório tontos com vários "nuncas" ecoando na cabeça. "Pode ser que ele nunca fale, nunca trabalhe, nunca...".

Desolada pela falta de perspectiva, Juliana viu surgir em sua mente perturbada um redemoinho de infindáveis comparações. A solidão se instaurava na mãe. Sem nenhum esforço, passou a comparar seu filho com outras crianças sem diagnóstico. Por que o filho não come um pedaço de bolo como aquela menina?" Como o filho da vizinha desfraldou tão cedo? Como aquela criança no ônibus tagarela tanto?

Logo, ficava evidente que não existia cura para autismo. Louis deixava a escolinha, pois só se apontavam suas falhas cognitivas e sociais. No mundo virtual, as amigas se gabavam dos adoráveis progressos de suas crianças típicas. Eram ondas e mais ondas que arrastavam o pouco que sobrara das ruínas do diagnóstico, isolando a mãe numa solidão profunda.

As tardes foram se resumindo às idas quase que diárias às terapias com fonoaudiólogo, psicólogo e terapeuta ocupacional. Eram dois autistas, portanto duas sessões para cada profissional. Eram desgastantes.

A esta altura, o redemoinho de comparação que acompanhava a mãe ressabiada só aumentava, a ponto de se estender a outros pacientes autistas que aguardavam suas consultas nas salas de espera das clínicas. Era inevitável questionar como o colega, com CID igual, pudesse estar tão mais desenvolvido que seus filhos.

A amargura da mãe piorava até quando via fotos de viagens de férias que as terapeutas postavam nas redes sociais, pois sabia que na sua situação jamais poderia almejar umas férias.

Como o tsunami levara embora seu matrimônio, os autistas e sua mãe terminaram acolhidos na casa do irmão tradutor da Juliana, ou "Tio", como era chamado pelo caçula verbal.

O "Tio" vivia sozinho num sobrado, onde moravam mais dois cachorros. Ajudava os sobrinhos nos cuidados diários e jamais questionou sobre algumas peculiaridades deles. Ainda enfrentou junto os preconceitos que já caíam nas costas dos pequenos autistas. Léon conquistava um excelente ouvinte para suas tagarelices autistas.

Como tradutor simultâneo gabaritado, o "Tio" tinha um pitoresco costume de traduzir seus cães de estimação. Eram ossos do ofício que o faziam atribuir falas para os cães como se estivesse interpretando seus pensamentos. Não demorou muito para que o silêncio e as caretas do Louis recebessem áudios explicativos. Inesperadamente, o não verbal Louis ganhava um tradutor simultâneo no novo lar.

Antes mesmo da mudança de endereço, Léon, com 3 aninhos, passara a andar sempre com um trenzinho dentro de suas mãos. Era um trenzinho com cara de gente que ganhara da "Titia", a irmã da mãe que residia no Japão.

A adoração pelo trenzinho de estimação ultrapassava o nível de objeto de transição e se tornava claramente num hiperfoco. A vaga hipótese desse trenzinho se extraviar ou quebrar tirava o sono dos adultos, pois imaginava-se que o pequeno desabaria completamente.

Certo dia, a "Titia" resolveu tomar um voo para visitar seus sobrinhos e trouxe de presente vários trenzinhos iguais àquele do qual o Léon não desgrudava. Foi um alívio enorme para os guardiões do pequeno. Nessa ocasião, trouxe um livro cujo tema tratado era sobre o Transtorno Global de Desenvolvimento em crianças japonesas. Folheando despretensiosamente as páginas, a mãe viria a conhecer crianças no espectro frequentando escolas, desfrutando leituras, usando tecnologias assistivas de comunicação, em suma, vivendo bem. Não pôde esconder seu choque.

De repente, vieram à tona memórias do seu intercâmbio no Japão, quando se encantou com a proeza dos japoneses em ensinar o complicado idioma aos estrangeiros. Comparou seus pequenos com os autistas de lá, e se perguntou: por que os autistas daqui também não seriam capazes de aprender?

O que sua irmã lhe mostrava era uma perspectiva inédita. Parecia um feixe de luz que iluminava por entre os escombros que o autismo em tsunami deixara.

A luz que adentrava no seu âmago tornou possível reavivar seu passado, uma vez lacrado pela desesperança. Rememorou os lindos espetáculos que dirigia. Estava decidida de que Louis e Léon seriam as próximas estrelas do seu mais novo espetáculo. A partir de então, passou a assumir as rédeas de suas vidas, estabelecendo metas individuais.

Nessa época conheceu a médica psiquiatra que se tornaria um importante alicerce para os três. A mãe ganhava confiança nas tomadas de decisões mais difíceis.

Pensando em poupar os pequenos de serem rotulados como "irmãos autistas", resolveu enviá-los em escolas diferentes. Sabia do suplício que era procurar escolas que aceitassem autistas, mas elas possibilitariam o desenvolvimento individualizado. Após 21 negativas mascaradas, duas aceitaram os desafios.

Em cada uma dessas escolinhas, desabrochou um pequeno girassol que buscava os raios de sol para crescer cada vez mais.

Louis aprendeu a correr descalço no quintal, a colher amoras, a sovar e comer o pão que fazia com os colegas e a pintar aquarelas. Léon, por sua vez, frequentou uma pequenina e acolhedora escolinha que jamais questionou sobre o desfralde tardio, as restrições alimentares e sobre seu inseparável trenzinho.

A esta altura, a mãe-diretora já arquitetava um meio certeiro para alfabetizá-los. Queria que o mundo se abrisse para seus pequenos por meio de leituras. Reingressou na faculdade de Pedagogia a fim de alcançar tal façanha. A colação de grau aconteceu por e-mail, pois o surto do vírus Covid-19 havia confinado pessoas no mundo todo dentro de suas casas.

O isolamento e o distanciamento social, tão predominantes em autistas, de repente se tornavam regras para todo o resto. Enquanto os típicos passaram a se queixar das restrições impostas, os irmãos autistas e sua pequena família desfrutavam de uma espécie de férias, absolutamente inesperadas. Com o fechamento das clínicas e escolas, a "Escolinha da mamãe", batizada pelo caçula, começou a funcionar.

Os dois anos de isolamento durante a pandemia contribuíram, sobretudo, no despertar de algo importante no âmago de cada um.

As comparações deixaram de atormentar a mãe. Ela passou a desenhar curvas de desenvolvimento, individual e intransferível para cada um. Léon se revelou o maior festeiro da família. Despediu-se de seu trenzinho e vive arrumando pretextos para organizar festinhas, com direito a bolo e cantigas. O "Tio", que acolheu os autistas com tanto zelo, agonizava com seguidos cancelamentos de serviços de tradução, mas conseguia gradativamente a sua recuperação. O sempre comedido Louis protagonizou um novo momento histórico na família.

"Qué água!"

Era a primeira vez que Louis falava em seus 11 anos. Seu ressoar fez o Léon providenciar um bolo e revelou um ilustre cliente que seu tio perdia.

O espetáculo estava apenas começando.

16

ATENDIMENTO PSICOPEDAGÓGICO DE UMA CRIANÇA AUTISTA

Neste capítulo, será vista a importância da intervenção psicopedagógica no desenvolvimento da criança autista para que ela tenha êxito nas habilidades acadêmicas, no ambiente escolar e, também, obtenha funcionalidades para viver da forma mais independente possível.

LAURICIANA DA CUNHA SANTOS

Lauriciana da Cunha Santos

Contatos
psicopedagoga.lau@gmail.com
Instagram: @psicopedagoga.lau
21 99999 4212

Pedagoga, psicopedagoga clínica e institucional. Certificada em Autismo. Pós-graduanda em Análise do Comportamento Aplicada. Suporte parental e atendimento psicopedagógico da criança autista, conscientizando profissionais, pais, cuidadores e a sociedade sobre o Transtorno do Espectro Autista (TEA), suas necessidades e possibilidades.

Atualmente a intervenção psicopedagógica, tem sido reconhecida como parte importante da equipe multidisciplinar no atendimento da criança com autismo, pois esta costuma apresentar dificuldades de aprendizagem em matemática, leitura e escrita, mesmo que não tenha deficiência intelectual.

Por ser um transtorno que afeta a área da cognição, as habilidades acadêmicas podem ficar em defasagem, dificultando a vida escolar dessa criança. As sessões psicopedagógicas estarão no processo para avaliar, investigar e intervir nos déficits que estão causando os atrasos na aprendizagem. Compreendendo a necessidade de aprender para entender, serão explanados alguns pontos sobre essa temática.

Psicopedagogia

A Psicopedagogia surgiu, a partir da necessidade de um profissional que compreendesse a construção e as dificuldades, no processo da aprendizagem do indivíduo. Ela é a junção das técnicas clínicas e do conhecimento sobre cognição humana da Psicologia com o conjunto de estratégias e métodos de ensino da Pedagogia.

A aprendizagem é um processo complexo. Tudo que acontece dentro do indivíduo manifesta-se exteriormente e é expresso por meio de ações cognitivas, emocionais e comportamentais.

O psicopedagogo deve identificar as dificuldades e atrasos do indivíduo e como constrói seu conhecimento. Atuando de forma integral, o profissional deve avaliar, investigar e intervir para desenvolver habilidades necessárias, aumentando o repertório por meio de estratégias que impulsionam e facilitam o desenvolvimento em cada área afetada pelos déficits, reforçando o processo de construção da aprendizagem, e informando a todos os envolvidos diretamente com a criança quanto às ações e ao desenvolvimento acadêmico.

Dessa forma, existirá não só uma equipe multidisciplinar, mas interdisciplinar. A equipe não deve apenas existir, ela precisa se comunicar, trocar conhecimentos entre si, para que seja feita uma análise coerente, construindo sessões reforçadoras.

Transtorno do Espectro Autista – TEA

O Transtorno do Espectro Autista é um transtorno do neurodesenvolvimento que apresenta dificuldade persistente na interação social, na comunicação verbal e não verbal, e alterações no comportamento, como: interesses restritos; pensamentos rígidos; movimentos repetitivos; hiper ou hiporreatividade a estímulos sensoriais; inflexibilidade a mudanças; insistência em rituais e rotinas, entre outros. Por ser de amplo espectro, os sintomas podem se manifestar de várias maneiras nos indivíduos. Por isso, todo autista é único.

A construção do vínculo com a criança autista para que o atendimento psicopedagógico aconteça

Para atender e compreender a criança autista, é essencial que o psicopedagogo mergulhe profundamente no assunto, pois o indivíduo com TEA possui dificuldade em interagir, estabelecer vínculos e sente dificuldade para entender ou demonstrar emoções. Sabemos que é apenas a partir do vínculo estabelecido que essa criança poderá construir sua interação com o meio e, consequentemente, desenvolver sua aprendizagem. Portanto, é necessário que o psicopedagogo e a criança, com o apoio da família, construam um vínculo afetivo e sólido que possibilite uma intervenção baseada na interação.

Estabelecer vínculo com a criança autista não é simples, porém possível, entendendo que o caminho como isso acontece é mais longo e precisa de repetição e constância. A criança com desenvolvimento típico aprende por imitação, de forma natural. A criança com autismo precisa ser ensinada, como num passo a passo.

Algo que parece simples como apontar para um objeto desejado, precisa ser ensinado e treinado para que a criança entenda que a comunicação passa pelo outro. Geralmente, a criança com autismo levará a sua mão até o objeto que deseja, em vez de apontar. O sucesso dessa interação será determinado por elementos subjetivos, ou seja, a criança autista deve aceitar que o terapeuta entre e participe com ela das descobertas e, também, do que já foi construído.

Algumas estratégias podem ser colocadas em prática para que essa interação aconteça. Nos primeiros encontros, siga a liderança da criança. Deixe a criança brincar do jeito dela, aproveite para imitá-la em vez de só reprovar a forma não considerada correta de usar o brinquedo. Com isso, ela vai deixando que se aproxime e, aos poucos, permitirá pequenas mudanças na forma que ela padronizou para brincar.

Falar baixo e não provocar sustos. Se for mudar algo na rotina, avise, mesmo que seja um objeto que será retirado do ambiente, dar previsibilidade para um autista é essencial. Precisamos sentir como é essa criança, a rotina e as preferências dela, o que a incomoda a ponto de causar uma crise. Existem crianças muito sensíveis a barulhos específicos, a luzes brilhantes, ao toque e a cheiros. Tudo que o terapeuta puder saber vai ajudar nessa interação tão sensível, mas que quando acontece se torna forte.

Adequar às atividades conforme as necessidades e buscar informações com seus pais, terapeutas e professores será a melhor forma de as intervenções serem mais plenas e produtivas. Com essas estratégias será preparado um plano de intervenção para desenvolver habilidades necessárias, para ampliar o repertório e para que objetivos sejam alcançados na vida acadêmica da criança em cada fase do desenvolvimento infantil, assim essa criança terá melhor qualidade de vida dentro do ambiente em que estiver inserida.

Considerando a dificuldade de interagir e de se comunicar que o autista possui, criar recursos mais visuais e saber dos interesses dessa criança será essencial para abrir a porta da comunicação, seja ela verbal ou não. Usar fotos dos ambientes e das atividades vai ajudar na compreensão do que está para acontecer, ou para onde estará indo. Avisar qual será o próximo passo os mantém mais calmos e seguros, pois precisam de previsibilidade, serve para qualquer ambiente, seja na escola, em casa, na terapia, no parque, no transporte, dê previsibilidade sempre.

Os comportamentos motores repetitivos, chamados de estereotipias, costumam aparecer quando estão muito felizes, ansiosos, também para se autorregular no caso de sobrecarga sensorial. Outra característica do TEA são as ecolalias, em que repetem falas, geralmente sem função e sem contexto, ouvidas anterior ou recentemente, seja de filmes, desenhos ou até mesmo de pessoas próximas. Os padrões rígidos aparecem na falta de flexibilidade para aceitar mudanças, acontece uma fixação por rotinas e por controle, dificultando o manejo de algumas atividades, mas com calma e métodos baseados em ABA – Analise do Comportamento Aplicado, a rigidez vai diminuindo e dando espaço para a fluidez.

O interesse restrito também se apresenta nos indivíduos com autismo. Falam muito sobre determinado assunto, pode ser um animal, personagens de desenho animado ou jogos, carros, dentre outros. Podemos usar esse hiperfoco a favor nas sessões, por exemplo, colocando seu personagem favorito nas atividades, mas precisamos ter atenção com os excessos.

Essas alterações comportamentais trazem a necessidade do psicopedagogo conhecer ABA – Análise do Comportamento Aplicado, tendo formação ou fazendo supervisão com um profissional da área.

Intervenção precoce e neuroplasticidade

É muito importante que a família da criança que tem atrasos do desenvolvimento seja orientada a começar o quanto antes as intervenções, tendo ou não diagnóstico. Conhecendo os marcos do desenvolvimento infantil, os profissionais saberão onde e como intervir para desenvolver os atrasos.

De acordo com estudos e pesquisas, o cérebro humano está em transformação desde o útero até a velhice. O termo usado para esse processo é neuroplasticidade.

A capacidade do cérebro de se regenerar e se adaptar diante da maturação do organismo, de novos aprendizados e até mesmo de fazer "ajustes" para compensar prejuízos no seu funcionamento resultante do envelhecimento, alterações neurológicas ou lesões cerebrais. As mudanças acontecem de diferentes formas: a partir da formação de novas conexões entre neurônios, fortalecimento de conexões já existentes e até a morte de neurônios não utilizados para o surgimento de novos. Todas essas mudanças são complexas, sutis e levam tempo, porém são nos primeiros anos da criança que a plasticidade neural acontece com mais intensidade, tendendo a diminuir gradativamente ao longo da vida. (KRUGER, 2020).

Todo esse processo da neuroplasticidade é muito complexo e demanda tempo. Sabendo que o cérebro alcança quase 90% do seu desenvolvimento nos primeiros 5 anos de vida e a criança deve adquirir muitas habilidades motoras, cognitivas, de linguagem e socioemocional nesse período, entende-se a necessidade da intervenção precoce para aproveitar essa fase em que o cérebro possui como se fosse uma carga extra para trabalhar e desenvolver.

Quanto antes as sessões começarem, mais eficaz será o desenvolvimento de habilidades necessárias para a criança ser mais independente em qualquer ambiente.

O papel do psicopedagogo nas escolas

Entender como a criança autista se comporta dentro da sala de aula, como ela está construindo conhecimentos, o que pode ser feito para dar suporte para que essa aprendizagem aconteça, orientar os professores e os pais, dentre outras observações que o psicopedagogo pode fazer para que a criança se desenvolva com eficácia, aproveitando o tempo que passa dentro da escola para desenvolver habilidades acadêmicas e outras necessárias para a vida diária.

O profissional de psicopedagogia deve acompanhar e conduzir o processo de aprendizagem. Primeiro, identificando e respeitando as habilidades de cada aluno, para depois definir estratégias e orientar todos os profissionais envolvidos. A interferência deve colaborar com os professores, facilitar o aprendizado do aluno autista, diminuir as dificuldades e minimizar os problemas apresentados dentro da sala de aula. Além de contribuir para o desenvolvimento pessoal e escolar desse indivíduo.

O psicopedagogo, em conjunto com a instituição de ensino e com os pais, deve analisar os problemas já existentes, com a intenção de minimizá-los, para desenvolver um plano de intervenção com o objetivo de eliminar os conflitos ou problemas de aprendizagens apresentados, intermediando de forma prazerosa e saudável, fortalecendo o vínculo entre o aluno e a escola.

Cabe ao psicopedagogo auxiliar no reforço positivo dos comportamentos adequados, mostrar a conduta adequada para cada um deles e verificar se existe inclusão, se o ambiente escolar é favorável, se os professores possuem ferramentas eficientes para atender as necessidades desse aluno e se estão preparados para a promoção de avanços no desenvolvimento de forma lúdica.

Além disso, uma adaptação curricular personalizada, com base nesses objetivos, deve considerar o grau e tipo de autismo do aluno, suas características e potencialidades, as possibilidades de desenvolvimento funcional, a evolução do aluno, bem como estarem organizadas e estruturadas de forma clara e simples, adaptadas aos gostos e preferências individuais, tornando a aprendizagem mais significativa.

Referência

CUNHA, E. *Autismo e inclusão – psicopedagogia e práticas educativas na escola e na família*. 7. ed. Rio de Janeiro: Wak Editora, 2017.

FIORE-CORREIA, O.; LAMPREIA, C. A Conexão afetiva nas intervenções desenvolvimentistas para crianças autistas. *Psicologia, ciência e profissão.* Brasília. Vol. 32, nº 4, pp. 926-941, 2012.

INSTITUIÇÃO INSPIRADOS PELO AUTISMO. *Atividades interativas para pessoas com autismo.* Disponível em: <https://www.inspiradospeloautismo.com.br/abordagem/atividades-interativas-para-pessoas-com-autismo>. Acesso em: 19 abr. de 2022.

INSTITUTO NEUROSABER. Intervenção psicopedagógica em casos de autismo. *Neurosaber.* 2020. Disponível em: <https://institutoneurosaber.com.br/intervencaopsicopedagogica-em-casos-de-autismo/>. Acesso em: 28 mar. de 2022.

JÚNIOR, F. B. A.; KUCZYNSKI, E. *Autismo infantil: novas tendências e perspectivas.* 2. ed. São Paulo: Atheneu, 2015.

KEINERT, M. H. J. de M. *Espectro autista – o que é? O que fazer?* 2. ed. Curitiba: Íthala, 2017.

KRUGER, O. Neuroplasticidade e intervenção precoce. Disponível em: <https://centroevolvere.com.br/blog/neuroplasticidade-e-intervencao-precoce-oliviakruger>. Acesso em: 13 abr. de 2022.

NASCIMENTO, M. I. C. *Manual diagnóstico e estatístico de doenças mentais – DSM.* 5. ed. Porto Alegre: Artmed, 2014.

RODRIGUES, J. M. C.; SPENCER, E. *A criança autista – um estudo psicopedagógico.* Rio de Janeiro: Wak Editora, 2010.

SILVA, S. R.; RUIVO, S. R. F. A atuação do psicopedagogo com a criança com transtorno do espectro autista. *Construção psicopedagógica, v. 28, n. 29, p. 61-70, 2020.* Disponível em: <http://pepsic.bvsalud.org/scielo.php?script=sci_arttext&pid=S1415-69542020000100006>. Acesso em: 3 abr. de 2022.

17

TESTES GENÉTICOS NO DIAGNÓSTICO DE TRANSTORNO DO ESPECTRO AUTISTA
COMO PODEM AUXILIAR?

Neste capítulo, os pais encontrarão informações sobre como é dado o diagnóstico e os especificadores do Transtorno do Espectro Autista (TEA), qual é a prevalência do TEA, quais são os principais testes genéticos que são recomendados para realização na prática clínica, sua importância e em quais situações são mais comumente recomendados.

LETÍCIA DA SILVA SENA

Letícia da Silva Sena

Contatos
www.indigoinstituto.com.br
silva.leticiasena@gmail.com
Instagram: @fga_leticiasena
11 98670 7701

Fonoaudióloga e analista do comportamento aplicada ao Transtorno do Espectro Autisma (TEA) e desenvolvimento atípico pelo Paradigma Centro de Ciências e Tecnologia do Comportamento. Doutoranda pela Universidade Federal de São Paulo e terapeuta certificada para a realização dos métodos de terapia baseados nos métodos Prompt, PECS e PODD. Fundadora do Instituto Índigo, clínica que realiza avaliação e intervenção de crianças e adolescentes com TEA e outros transtornos do neurodesenvolvimento, da linguagem e da fala. Além disso, realiza supervisões a outros terapeutas e orientações parentais. Seu diferencial é o engajamento intenso e precoce nessas intervenções e seu amor pelo desenvolvimento da comunicação infantojuvenil.

O Transtorno do Espectro do Autismo (TEA) é atualmente classificado como um transtorno do neurodesenvolvimento, de acordo com o Manual Diagnóstico e Estatístico de Transtornos Mentais (AMERICAN PSYCHIATRIC ASSOCIATION, 2015, p. 135). As características diagnósticas são observadas clinicamente, e estão compreendidas em critérios que consideram como sintomas fundamentais, o prejuízo persistente à comunicação social recíproca e à interação social, padrões restritos e repetitivos de comportamento, interesse ou atividades e, por fim, esses sintomas precisam estar presentes desde o início da infância e devem limitar ou prejudicar o funcionamento diário da pessoa.

O nível de gravidade do TEA é especificado a partir da exigência de apoio de que a pessoa necessita, sendo o nível 1 exigindo apoio: nível 2 exigindo apoio substancial; e nível 3 exigindo apoio muito substancial (AMERICAN PSYCHIATRIC ASSOCIATION, 2014, p. 138). Além disso, ainda é sugerido pelo mesmo manual que alguns especificadores sejam adicionados ao diagnóstico, quando necessário: "com ou sem comprometimento intelectual concomitante"; "com ou sem comprometimento da linguagem concomitante"; "associado a alguma condição médica ou genética conhecida ou a fator ambiental" e "com catatonia comórbida".

Outra possibilidade norteadora para a realização desse diagnóstico médico é a utilização da Classificação Estatística Internacional de Doenças e Problemas Relacionados à Saúde (CID 11), elaborada pela Organização Mundial da Saúde (OMS). Foi revisada novamente e apresenta nova versão em vigor desde o dia 1º de janeiro de 2022, propondo como mudanças para a realização do diagnóstico de TEA códigos diferentes para o diagnóstico de TEA associado ou não a alguma comorbidade.

De acordo com o último levantamento do Centers for Disease Control and Prevention, do governo dos EUA, sobre a prevalência de autismo, foi encontrado aumento de 10% em 2021, sendo a estatística mais atual a de

1/44 nascidos vivos com o diagnóstico de TEA (MAENNER *et al.*, 2021), dado que torna cada vez mais relevante e essencial a realização de estudos que objetivam melhor compreender, acompanhar e tratar pessoas com TEA.

Atualmente o diagnóstico de TEA, na prática clínica, ainda é dependente da avaliação clínica do médico, que sofre interferência direta de sua experiência prévia, podendo gerar por vezes a identificação de falsos positivos na clínica ou tornar o diagnóstico menos precoce (DEREU *et al.*, 2012). Mas, felizmente, com os avanços da tecnologia e frente ao aumento crescente da prevalência do TEA, a acurácia diagnóstica para autismo melhorou drasticamente no campo da genética (LINTAS *et al.*, 2021).

Ainda não é possível realizar o diagnóstico de TEA a partir de exames ou avaliações genéticas somente. No entanto, a avaliação genética complementar à avaliação comportamental clínica, pode ser fundamental para a confirmação do diagnóstico clínico, para identificar possíveis comorbidades concomitantes ao quadro de TEA, que podem ter outros impactos na vida e na saúde da criança e/ou pessoa, para fazer o diagnóstico diferencial entre TEA e outra síndrome genética e para a realização do "aconselhamento genético", para que os pais/casais possam embasar suas decisões a respeito do planejamento familiar a partir da estimativa do risco de ter filhos com TEA, por exemplo.

A escolha do teste genético mais recomendado para cada caso de crianças e/ou pessoas com TEA deve ser realizada por um profissional especialista na área (neurologista, psiquiatra ou geneticista especializados), para que os testes agreguem ao raciocínio clínico e tomada de decisão do processo de vida, aconselhamento e tratamento dos sinais clínicos do transtorno, que podem limitar de forma significativa o nível de independência e funcionalidade da criança e/ou pessoa com TEA (IACONO *et al.*, 2009).

O cariótipo é o exame mais simples e comum na prática clínica, que realiza a análise dos cromossomos sob um microscópio, ou seja, não irá detectar alterações menores nos genes. Melhorias contínuas, incluindo estudos de alta resolução, aumentaram o rendimento diagnóstico dos estudos a partir desta técnica em aproximadamente 4,3% dos casos de TEA (Veenstra-Vanderweele *et al.*, 2004).

O PCR (proteína C-reativa) é uma técnica que realiza múltiplas cópias de um segmento específico do DNA da pessoa, a partir da coleta de uma amostra de saliva ou de sangue e pesquisa as expansões por repetições de partes dos genes, podendo auxiliar nos diagnósticos de síndromes comórbidas ao TEA, ou diagnóstico diferencial quando existe a suspeita de TEA e outras possibilidades diagnósticas, como por exemplo, no diagnóstico da síndrome do X-frágil. É solicitado internacionalmente para exclusão desse diagnóstico e confirmação do diagnóstico de TEA.

O MLPA (Multiplex Ligation-dependent Probe Amplification) é um método de PCR, que detecta deleções ou duplicações no DNA, direcionadas para determinadas regiões do genoma, solicitado previamente pelo médico. Ou seja, são específicos para a pesquisa de determinadas síndromes genéticas, comorbidades ou doenças, como por exemplo, para fazer a pesquisa da síndrome de Angelman, sendo um exame fundamental também para a realização do diagnóstico diferencial e detecção de comorbidades associadas ao TEA.

Outro teste amplamente recomendado na atualidade é o teste *array*-CGH (MILLER *et al.*, 2010; SCHAEFER *et al.*, 2013). Este teste detecta e analisa a variação no número de cópias dos genes, ou seja, o teste avalia deleções ou duplicações de partes dos genes, para genes que estão relacionados a todo o fenótipo dos comportamentos do quadro de TEA e/ou síndromes e/ou transtornos do neurodesenvolvimento. Para entender isso na prática, os genes codificam a produção de proteínas específicas que constituem diversas características do nosso corpo, desde a cor do nosso cabelo, até a produção de um neurotransmissor em nosso cérebro. Logo, detectar precocemente as alterações de partes dos genes que são mais comuns no TEA, bem como de comorbidades associadas ao TEA, podem ser norteadoras do tipo de tratamento escolhido, intensidade do tratamento e, por fim, podem auxiliar num diagnóstico mais precoce e preciso.

Existem ainda, como opções, os testes de sequenciamento de DNA, denominados exoma e genoma. O exoma é o teste genético mais completo disponível, em termos de hereditariedade, por analisar todas as regiões codificadoras do genoma humano. No entanto, em vista do alto custo para a realização do exoma e por se tratar de um teste mais amplo, essa técnica só é sugerida ou indicada quando os testes anteriormente descritos não detectaram alterações significativas e norteadoras. O genoma, atualmente, é empregado principalmente em pesquisas, por conta do alto custo e por ainda não apresentar evidências científicas sólidas e de relevância informativa para sua utilização na prática clínica, sobre o impacto das mutações nas regiões codificantes e não codificantes relacionadas ao TEA (LINTAS *et al.*, 2021).

Na literatura, os estudos atuais entendem que o TEA é de origem multifatorial, ou seja, ocorre a partir da interação de fatores genéticos internos (vários genes, poligênica, herdada dos pais) e externos (interação com o ambiente e individuais, não herdadas dos pais) (FREITAS *et al.*, 2017). Estudos recentes também têm demonstrado que o TEA é um transtorno predominantemente genético, com herdabilidade em torno de 81% dos casos e em cerca de 18% a 20% dos casos, a causa genética é somática, ou seja, não é hereditária, são variações "de novo", alterações novas que ocorrem apenas naquele indivíduo, que não foram herdadas de seus progenitores; e o restante, composto por fatores ambientais (Bai *et al.*, 2019).

De acordo com a última pesquisa de análise do sequenciamento genético de pessoas com autismo, que contou com mais de 35.000 participantes, foram identificados em torno de 2.000 genes relacionados ao TEA, sendo que 102 deles estão fortemente associados ao risco poligênico, ou seja, 102 genes apresentam maior probabilidade para o desenvolvimento de outras doenças (SATTERSTROM *et al.*, 2020). Vale ressaltar, que o número de genes encontrados relacionados ao TEA tem aumentado a cada ano. Desta forma, ainda temos que estudar e pesquisar muito para firmar testes de sequenciamento genético na nossa prática clínica corriqueira e chegar, até mesmo, a fechar esse diagnóstico de forma mais objetiva, sem depender da observação clínica prévia.

Em conclusão, a realização dos exames e testes genéticos podem auxiliar na confirmação do diagnóstico de TEA ou para descartar a concomitante ocorrência de outras síndromes e/ou comorbidades, podem auxiliar na compreensão e tomada de decisão no processo terapêutico a partir da correlação dos resultados dos testes genéticos e do quadro clínico observado, podem auxiliar no planejamento familiar e, por fim, podem contribuir para a melhor compreensão do diagnóstico de TEA a nível mundial, quando cedidas as informações para bancos de dados genéticos ou para estudos que podem beneficiar a sociedade.

Referências

AMERICAN PSYCHIATRIC ASSOCIATION (APA). *Manual diagnóstico e estatístico de transtornos mentais: DSM-5*. 5. ed. Porto Alegre: Artmed, 2014.

BAI, D. *et al.* Association of genetic and environmental factors with autism in a 5-country cohort. *JAMA Psychiatry*, v. 76, n. 10, 2019.

DEREU, M.; ROEYERS, H.; RAYMAEKERS, R.; MEIRSSCHAUT, M. et al. How useful are screening instruments for toddlers to predict outcome at age 4? General development, language skills, and symptom severity in children with a false positive screen for autism spectrum disorder. *Eur. Child. Adolesc. Psychiatry*, 21, n. 10, pp. 541-551, Oct 2012.

FREITAS, A. M.; BRUNONI, D.; MUSSOLINI, J. L. (2017). Transtorno do Espectro Autista: estudo de uma série de casos com alterações genéticas. *Cad. Pós-Grad. Distúrb. Desenvolv.* 17(2), 101-110.

IACONO, T.; JOHNSON, H.; FORSTER, S. Supporting the participation of adolescents and adults with complex communication needs. In: MIRENDA, P.; IACONO, T. (ed.). *Autism spectrum disorders and AAC*. Baltimore, MD: Paul H Brookes, 2009. pp. 443-478.

LINTAS, C. *et al.* Genotype–Phenotype Correlations in Relation to Newly Emerging Monogenic Forms of Autism Spectrum Disorder and Associated Neurodevelopmental Disorders: The Importance of Phenotype Reevaluation After Pangenomic Results. *J. Clin. Med.* 2021, 10, 5060. Disponível: <https://doi.org/10.3390/jcm10215060>. Acesso em: 16 set. de 2022.

MAENNER, M. J. *et al.* Prevalence and Characteristics of Autism Spectrum Disorder Among Children Aged 8 Years – Autism and Developmental Disabilities Monitoring Network, 11 Sites, United States, 2018.

MILLER D. T.; ADAM, M. P.; ARADHYA, S. *et al.* Consensus statement: chromosomal microarray is a first-tier clinical diagnostic test for individuals with developmental disabilities or congenital anomalies. *Am J Hum Genet* 2010;86:749–64.

SATTERSTROM, F. K. *et al.* Large-Scale Exome Sequencing Study Implicates Both Developmental and Functional Changes in the Neurobiology of Autism. *Cell*, v. 180, n. 3, p. 568-584. e23, 2020.

SCHAEFER G. B.; MENDELSOHN, N. J.; PROFESSIONAL, P. *et al.* Clinical genetics evaluation in identifying the etiology of autism spectrum disorders: 2013 guideline revisions. *Genet Med* 2013; 15:399–407.

VEENSTRA-VANDERWEELE J, CHRISTIAN SL, COOK EH JR. Autism as a paradigmatic complex genetic disorder. *Annu Rev Genomics Hum Genet* 2004;5:379-405.

WORLD HEALTH ORGANIZATION. ICD-11 for mortality and morbidity statistics. Version: 2019 April. Geneva: WHO; 2019. Disponível em: <https://icd.who.int/browse11/l-m/en>. Acesso em: 15 abr. de 2022.

18

CAMINHO PARA ESCOLHA DA INTERVENÇÃO EFICIENTE

O primeiro passo após o diagnóstico é buscar informações acerca dos tratamentos confiáveis que possuem sólida base científica. Convido você para a leitura deste capítulo que tem como objetivo elucidar os pontos de atenção para um tratamento eficiente.

LIDIANE FERREIRA

Lidiane Ferreira

Contatos
www.institutosingular.org
lidianeferreira@institutosingular.org
Instagram: @psicolidianeferreira
11 97207 5396 / 11 99944 2309

Psicóloga e diretora do Instituto Singular, onde coordena, supervisiona, treina e conduz a capacitação de pais e profissionais. Leciona nos cursos do Instituto e ministra palestras. Pós-graduada em ABA (Applied Behavior Analysis) pela Universidade Federal de São Carlos (UFSCar); aprimoramento em Análise Cognitivo-comportamental (TCC); formação profissional avançada no modelo Denver de intervenção precoce pelo Mind Institute e inúmeros cursos e extensões acadêmicas, com estratégias de intervenção cientificamente comprovadas. Dedica-se, há 12 anos, aos estudos e a intervenção com crianças e jovens no espectro autista e comorbidades associadas. Fez parte do quadro de colaboradores da primeira instituição de autismo no país, a Associação de Amigos do Autista (AMA), e atuou na área do esporte com paratletas da Seleção Brasileira Paralímpica de Judô.

A estrada à frente será esburacada. À medida que seu filho cresce, você comemorará muitos sucessos. E pode haver momentos em que o progresso para, ou toma um rumo inesperado. Quando isso acontecer, lembre-se de que são lombadas, não obstáculos. Leve-os um de cada vez.
AUTOR DESCONHECIDO

Luana e Thiago, casal jovem, aguardavam ansiosos o nascimento do seu primeiro filho. A mãe sonhava com a coleção de vestidos e laços imponentes, enquanto o pai devaneava com as idas ao futebol e clube de aeromodelismo. Como foi mágico o momento do nascimento. A certeza que todos tinham, era que a vida não seria mais a mesma enquanto seguravam Lucas. Nos dias seguintes, a família começou a ficar intrigada, a mãe percebeu que, ao amamentar, o filho não olhava em seu rosto e se sentia incomodado quando o pegava no colo. Os picos de choro eram intensos, nada acalmava, Lucas não dormia. A criança foi se desenvolvendo, era muito agitada, não parava, corria de um lado para o outro por horas, fazendo o mesmo barulhinho com a boca. Não gostava muito de brinquedos, apenas de um avião que o pai deu de presente, no entanto passava longos períodos isolados apenas admirando as rodas, e não aceitava a aproximação de outra pessoa. Os pais, desesperados, e sem saber o que fazer, procuraram um psiquiatra infantil. Logo, o diagnóstico de transtorno do espectro autista foi informado. Um abismo abriu à frente de Luana e Thiago, por dias sentiram-se entorpecidos e mergulhados em tantas informações que buscavam, não sabiam por onde começar.

Ao receber o diagnóstico de autismo, é comum muitas famílias se deparem com uma mistura de emoções que envolvem incertezas, inseguranças e medos, incluindo no que diz respeito a encontrar e iniciar uma intervenção.

Em meio a um universo de numerosas informações e novos desafios, é possível observar famílias com senso de urgência para iniciar as estimulações e, outras, relutantes ao tratamento de um diagnóstico que ainda é desconhecido e não aceito.

Independente do caminho a ser tomado, o primeiro passo de muitas famílias é a busca em conhecer o tema, recorrendo a outras pessoas e/ou conteúdos dispostos na internet que podem ser muito valiosos, porém é fácil se deparar com informações não fidedignas e que não condizem com a ciência. Seja cético! Verifique se as informações recebidas são coerentes e verdadeiras.

Ao ter acesso a um conteúdo, questione quem é o autor e se tem formação e conhecimento necessário para estar transmitindo a informação de forma segura. Atente-se para as evidências científicas. Observe se o conteúdo é resultado de uma pesquisa séria. Veja se as informações têm data atual, se parecem tendenciosas ou se afirmam ter uma cura, tratamento rápido ou/e "milagroso". (ROGERS *et al.*, 2015).

Infelizmente existem diversas informações, procedimentos e intervenções que não possuem comprovação científica, e que se beneficiam de famílias que estão fragilizadas e dispostas a realizar qualquer ação pelo progresso da criança.

Neuroplasticidade e sua relação com a aprendizagem

O diagnóstico precoce e início da intervenção nos primeiros anos de vida é essencial para desenvolver estratégias, que reduzem a gravidade dos atrasos e minimizem os prejuízos na vida adulta.

Tudo isso é possível, porque o nosso cérebro é fantástico e capaz de criar e remodelar as suas redes neurais conforme os estímulos que recebe. Essa capacidade é chamada de neuroplasticidade. Quando o tratamento é realizado da maneira adequada e contínua, direcionado a comportamentos e aprendizagens funcionais, maior a chance do cérebro de criar caminhos diferentes e complementares para novas aprendizagens. (GAIATO, 2018).

A formação das redes neurais ocorre a vida toda, no entanto, de forma intensa somente nos primeiros anos de vida. Com o passar dos anos, a neuroplasticidade é menor, tornando-se impossível ter os mesmos ganhos no mesmo período. Tratar o mais cedo possível, e ter um bom programa de intervenção, é a maior chance de reduzir os sintomas do autismo.

Importância da equipe multidisciplinar no tratamento

As incertezas sobre o desenvolvimento do próprio filho são assustadoras, mas a forma mais eficiente de diminuir o medo é se tornar ativo no tratamento, buscar conhecimento, agir e ter segurança na intervenção.

É bem provável que você tenha percebido que a forma que o seu filho aprende, tem um jeito diferente do aprendizado de outras crianças. Isso não significa que ele é incapaz, apenas mostra que o aprendizado precisa ser planejado e com mais repetições.

Para te ajudar nessa caminhada, forme um time de especialistas qualificados e experientes. Tenha uma equipe médica composta por pediatra, neurologista e/ou psiquiatra que entenda das necessidades e prioridades do diagnóstico do autismo (outras especialidades médicas podem compor a equipe dependendo da necessidade da criança). Atenção para comentários "cada criança tem seu tempo", "ele só precisa ir para a escola", "é muito pequeno para fazer terapia", são essas certezas que podem retardar o início das estimulações e leva ao acúmulo de atrasos.

Peça indicações de profissionais, converse com outras famílias, e estruture a equipe de intervenção intensiva comportamental, com um profissional coordenador do tratamento que te orientará e conduzirá todo o plano de intervenção. Esse profissional pode ser um psicólogo especialista nas intervenções cientificamente comprovadas para o autismo.

Profissionais importantes que também compõem a equipe multidisciplinar são: o fonoaudiólogo, fisioterapeuta, terapeuta ocupacional. É necessário que todos se comuniquem para que os procedimentos sejam realizados de maneira consistente.

Para todo esse tratamento ser efetivo, seja você parte da equipe. Estudos evidenciam que o desenvolvimento das crianças com autismo, é maior quando os cuidadores estão envolvidos de forma ativa na intervenção. A sua participação e de toda família é fundamental para aumentar o sucesso da terapia.

Recomendações para um tratamento eficiente

Algumas recomendações básicas devem ser levadas em consideração ao avaliar a efetividade do tratamento, bem como, para nortear a escolha do tratamento.

1. A intervenção deve ser comprovada cientificamente: isso significa que foi testada e provada a eficácia dos procedimentos no tratamento. As práticas com base na Análise do Comportamento Aplicada (ABA) atingiram todos os rigores científicos. Esse fato não deve ser uma mera informação, é um direito que a criança tem de ser beneficiada com métodos testados e provados como eficazes.
2. A intervenção deve começar o mais rápido possível: os marcos do desenvolvimento são bem definidos e os atrasos são acumulativos. Quanto mais tempo passar, mais demorados e difíceis os ganhos.

3. A intervenção dever ser consistente e intensiva: a literatura apresenta que a intervenção dever ter entre 15 a 40 horas de estimulação semanal, por pelo menos 2 anos consecutivos.
4. A intervenção deve ser interdisciplinar: é necessário que os profissionais sejam qualificados, habilitados e experientes para conduzir a intervenção.
5. Avaliação de habilidades: para intervenção, é necessário aplicar um método avaliativo, a fim de verificar o que existe no repertório da criança e para determinar quais as habilidades serão ensinadas.
6. O plano de intervenção deve ser individualizado: documento que compila as informações da avaliação e da estrutura que serão aplicadas para os objetivos de intervenção.
7. Registro dos objetivos do plano de intervenção: é necessário medir o progresso da criança e/ou ajustar quando a evolução não está evidente.
8. Cuidadores envolvidos na intervenção: a família deve participar de todos os processos de decisão e ser treinada para implementar o plano terapêutico, objetivos e comportamentos da criança.

O objetivo do tratamento é aumentar as habilidades e fechar as lacunas existentes no desenvolvimento, para que o indivíduo possa levar esses aprendizados para outros ambientes, contribuindo assim para uma vida mais autônoma. Não podemos esquecer que o resultado ideal é diferente para cada criança, e este limite ninguém pode determinar.

Cuidador seja cético, participe, questione, porque o seu filho é o real significado do amor incondicional.

Referências

AUTISM SPEAKS. *100 day kit for families of newly diagnosed young children*. 2020. pp. 33-55.

GAIATO, M. *S.O.S. autismo: guia completo para entender o transtorno do espectro autista*. São Paulo: nVersos, 2018. pp. 75-85.

ROGERS, S. J.; DAWSON, G. *Intervenção precoce em crianças com autismo*. Lisboa: Lidel, 2014. pp. 01-64.

ROGERS, S. J. *et al. Autismo compreender e agir em família*. Lisboa: Lidel, 2015, pp. 03-54.

19

O CORPO DA CRIANÇA AUTISTA

Pelo corpo, aguçamos as percepções, despertamos os sentidos, criamos a própria imagem, afirmamos quem somos, ganhamos confiança, aprendizagem e iniciativa para novos atos. Mas, e quando precisamos de ajuda para isso? Este capítulo tem como objetivo orientar os pais a observarem a corporeidade de seus filhos, gerando a base para buscar auxílio profissional quando perceberem atraso no desenvolvimento psicomotor e possíveis sinais de autismo.

MARCELLE LACOURT

Marcelle Lacourt

Contatos
www.funfisio.com.br
marcellelacourt@yahoo.com.br
contato.funfisio@gmail.com
Instagram: @funfisio
54 3045 7997

Fisioterapeuta graduada pela Universidade de Passo Fundo (2003), mestre em Envelhecimento Humano (UPF/ RS), especialista em Fisioterapia ortopédica e traumatológica (Universidade Gama Filho /RJ), especialista em Psicomotricidade (UNINTER/ PR) e Formação pelo Método Busquet/FR – as cadeias fisiológicas. É diretora e proprietária da FunFisio – Clínica de Fisioterapia e Psicomotricidade, localizada em Passo Fundo/RS.

O desenvolvimento psicomotor da criança e o autismo

Frequentemente escuto na minha prática clínica o relato dos pais classificando seus filhos como tímidos, calmos ou preguiçosos. Principalmente quando procuram a avaliação para iniciar o tratamento psicomotor de forma tardia.

Entretanto, diante disso, apresento o seguinte questionamento: devemos deixar que a criança se desenvolva de acordo com o seu tempo, ou será que ela está apresentando sinais de atraso que estão sendo ignorados?

As limitações no desenvolvimento do bebê podem ser indicadores precoces do transtorno autista, e necessitam ser entendidas pelas famílias e professores para que se identifique o autismo o mais cedo possível, iniciando a estimulação e preparando a criança para a vida, antes da idade escolar.

Desde o nascimento, a criança experimenta uma série de interações que estimulam o seu desenvolvimento. Essas conexões levam à construção do seu mundo, assim como uma tela em branco, onde uma linda pintura será desenhada como base para toda a sua vida.

Ao longo dos anos, percebe-se um aumento considerável nos casos de autismo nas crianças. De origem ainda não completamente conhecido, o quadro clínico geralmente é apresentado como de restrição da interação social, na linguagem verbal e não verbal, em diferentes graus, bem como limitações motoras. Essas alterações dificultam o interesse em atividades, restringindo o movimento corporal das crianças, que é fundamental para o seu desenvolvimento psicomotor.

Tipicamente, os primeiros sinais de autismo podem ser observados antes dos três primeiros anos de vida, com atrasos nos marcos de desenvolvimento e no padrão comportamental da criança, que podem aparecer ainda no bebê, ou um pouco mais tarde. Esse é o sinal de alerta de que a criança precisa ser olhada com mais atenção.

Naturalmente, durante o seu crescimento, o ser humano estabelece relações que são proporcionadas de acordo com o ambiente, e conforme o vínculo afetivo que formamos. Essas conexões são contínuas, interligadas, e determinam a base de desenvolvimento para toda a vida. Trata-se do movimento físico, do afeto e da cognição, que são resultados de estímulos motores e sensoriais.

O olhar da psicomotricidade respeita a evolução da pessoa na sua totalidade, unindo os aspectos psíquicos, afetivos e motores, de acordo com a sua idade cronológica, ou seja, como formamos nosso SER enquanto indivíduos.

A maturação é um processo contínuo e interligado. Quando a criança recebe um estímulo sensorial, como um carinho, por exemplo, gerará uma resposta motora que vai além do sorriso. A criança se aproximará, se movimentará para receber mais desse estímulo. É um ciclo, quanto mais estímulos sensoriais a criança recebe, mais respostas motoras ela apresentará. Assim, o corpo é fortalecido com um movimento que tem um sentido, o afeto. Além de se desenvolver fisicamente, a criança fortalece as relações socioemocionais, e os elos de confiança, encontrando o caminho da descoberta de si mesma.

Quanto mais essa integração ocorre, maior é a confiança que a criança desenvolve sobre quem ela é e na relação com o outro. Com essa autoconfiança, surge a iniciativa de explorar as inúmeras possibilidades ao seu redor, com a aprendizagem sobre os limites do próprio corpo e do espaço no qual ela se encontra, potencializando o processo cognitivo de aprendizagem, realizando novas sinapses cerebrais, desenvolvendo-se como um todo.

Entretanto, devemos pensar que, quando a criança recebe esses estímulos de forma limitada, seja por questões fisiológicas ou por poucos estímulos vindos do meio, a resposta motora também será menor. Assim, o engatinhar pela sala pode estar reduzido, assim como explorar o ambiente ou encontrar seu brinquedo favorito pode se tornar desafiador. Com menos movimento, a criança reduz também as chances de brincar e aprender sobre os objetos (tamanho, cor, peso e textura), da mesma forma que acabam diminuindo as oportunidades de aprendizagem.

Independente do diagnóstico e da sua condição, os marcos de desenvolvimento são as novas habilidades que a criança consegue adquirir, para prosseguir a sua etapa evolutiva. É necessário o conhecimento dessas etapas por parte dos pais, para perceber se o filho está conseguindo alcançá-las, sendo o primeiro sinal de alerta para sabermos se há necessidade da estimulação.

Marcos importantes durante o primeiro ano de vida da criança

Evolução no primeiro trimestre (0 a 3 meses)

O bebê sorri, reconhece os rostos; leva as mãos à boca e chupa os dedos; acompanha visualmente até a linha média; levanta a cabeça e vira-a quando está de bruços; consegue erguer 45º com 2 meses e 90º com 3 meses; começa a brincar com os pés; chora quando está desconfortável; vocaliza alguns sons; rola para virar de lado.

Evolução no segundo trimestre (3 a 6 meses)

O bebê vira em direção à sua voz e reconhece os pais; presta atenção – ouve quando você está falando com ele; alcança objetos com os braços estendidos; tem bom controle da cabeça; acompanha visualmente objetos que estão além da linha média; observa a própria mão; pega objetos com cada uma das mãos; brinca com os pés com mais frequência; rola de trás para a frente (também pode estar rolando de frente para trás); consegue manter a cabeça erguida a 90º, brincando de bruços; pode sentar-se com apoio.

Evolução do sétimo ao nono mês

O bebê consegue sentar (evolui do apoio para estado independente); indica o que quer e responde ao não; apresenta padrões de linguagem como mama, papa, dada; engatinha e explora o ambiente; apoia-se para ficar em pé; fica em pé segurando-se em alguém ou em algo; brinca de achou; bate coisas uma na outra; consegue utilizar os dedos na hora de comer; segura dois objetos (um em cada mão); transfere objetos de uma mão à outra; faz tchau; tem reações de proteção lateral (para os dois lados) e para a frente.

Do décimo ao décimo segundo mês (10º mês a 1 ano)

O bebê permanece em pé sozinho; fica em pé com apoio; anda segurando a sua mão; compreende perguntas em contexto. "Onde está sua mamadeira? "; pode produzir duas ou três palavras; imita atividades; utiliza brinquedos de empurrar; aponta; ajuda a se vestir e despir; põe um cubo em um copo; vira as páginas de um livro; procura por você; acena "não" com a cabeça; joga objetos; consegue beber em copo (derramando um pouco); tenta fazer uma torre com dois cubos.

Quando aparecem as dificuldades ao atingir essas etapas, precisamos observar onde está a limitação. Em alguns casos, as crianças se desenvolvem normalmente quando bebês e podem entrar em isolamento mais tarde.

O olhar sobre o corpo no autismo

Cada criança autista apresenta características que diferem umas das outras, o que torna o olhar sobre o seu desenvolvimento complexo e único. Em grande parte dos casos, as crianças apresentam alterações da sensibilidade, que acabam prejudicando os seus estímulos sensoriais (toque, gosto, som, dor). Essa questão pode resultar na redução da resposta motora a vários estímulos no bebê, limitando movimentos comuns do processo evolutivo comprometendo o desenvolvimento psicomotor.

O autista pode apresentar algumas características comportamentais, como indiferença à estimulação e apatia às pessoas, ter a atenção fixada em determinados objetos, mostrando tendência ao isolamento. Pode ter alterações na linguagem e um olhar vago, com preferências por um objeto, brincando com ele de forma não convencional (por exemplo, virar e girar a roda do carrinho), além de não gostar de mudanças na rotina e em seu ambiente. Também pode não apresentar sorriso social e postura antecipatória para que seja tomada pelos braços de um adulto. Como características motoras e sensoriais, podem demonstrar resistência ao toque e gostar de realizar movimentos rítmicos e estereotipados (por exemplo, giratórios, ou para frente e para trás, balançar o corpo ou cabeça, bater as mãos, estalar os dedos).

A hipotonia é muito frequente no autismo, levando à perda de força e de resistência muscular. A fraqueza muscular prejudica a aquisição de sequências de movimentos, do equilíbrio, da coordenação motora ampla e fina, levando a alterações posturais e dor. A restrição dos movimentos também gera a diminuição da capacidade cardiorrespiratória, cardiovascular e predispõe à obesidade.

Importância do exercício físico para o autista

Como conduta de tratamento não farmacológico para o autismo, uma rotina de exercícios físicos é fundamental, para aquisição de força e dos padrões biomecânicos fundamentais para o desenvolvimento. Com início ainda na primeira infância, devem ser mantidos durante toda a vida. Isso inclui rolar, rastejar, engatinhar (base para o andar, correr, saltar) e devem ser incentivados sequencialmente de acordo com a idade e a capacidade de assimilação.

Uma conduta essencial para a abordagem com crianças deve conter ludicidade e atividades psicomotoras, pois, por meio do brincar e do imaginar, o aprendizado, a interação social e a criatividade são criados, reforçando o potencial motor, cognitivo, social e afetivo. Nas crianças com autismo, geralmente há dificuldade no processo simbólico do brincar e, assim, jogos adaptados para cada caso devem ser inseridos de maneira gradual, pois é uma excelente ferramenta de estimulação e tratamento, principalmente na socialização. Estimular a criança por meio de brincadeiras e jogos traz benefícios não somente para o desenvolvimento psicomotor, como também para fortalecer os vínculos afetivos com os pais e toda a família.

A fisioterapia busca reabilitar as alterações de movimentos, de percepção do próprio corpo, do equilíbrio, da coordenação motora ampla e fina, da força e flexibilidade muscular, prevenindo e tratando as dores que muitas vezes são difíceis de serem entendidas pelo autista. As técnicas específicas, como o Pilates, tratam os desvios posturais, elevam o tônus muscular, além de auxiliar na correção de ângulos articulares pelo reequilíbrio muscular. O desempenho e a coordenação motora melhoram, bem como a capacidade cardiovascular, cardiorrespiratória e o equilíbrio. Os esportes (natação, artes marciais e tênis, por exemplo) demonstram resultados positivos nos comportamentos repetitivos, na interação social, no condicionamento aeróbico, equilibrando os níveis de colesterol. O esquema corporal, orientação espacial, coordenação olho – mão e lateralidade também evoluem, contribuindo positivamente no desempenho escolar.

Considerações finais

As crianças necessitam de laços sociais, afetivos e de exercícios físicos desde bebês. Os benefícios dessas conexões são reforçados a cada etapa, com a superação da descoberta do próprio potencial. A autoestima, independentemente da idade, é fortalecida quando a pessoa consegue vivenciar o novo, conhecer a si mesma, entender os seus gostos, ter autonomia e independência funcional.

O corpo é a nossa casa, precisamos auxiliar cada pessoa na construção do seu lar, principalmente se ela for autista. Identificar precocemente os sinais para evitar o seu diagnóstico tardio, é apresentado como um novo desafio para a família e a sociedade, frente ao aumento da incidência na população. Se o tratamento for incentivado desde a primeira infância, teremos uma geração de adultos autistas muito mais confiante e feliz em seu potencial.

Referências

BUENO, J. M. *Psicomotricidade: teoria e prática*. São Paulo: Cortez, 2013.

LAPIERRE, A. *Da psicomotricidade relacional à análise corporal da relação*. Curitiba: editora UFPR, 2010.

LIDDLE, T. L.; YORKE, L. *Coordenação motora*. São Paulo: M. Books, 2007.

ROGERS, S. J.; DAWSON, G. *Intervenção precoce em crianças com autismo*. Portugal: Lidel, 2016.

20

AUTISMO EM TEMPOS PANDÊMICOS
DIFICULDADE DE DIAGNÓSTICO E TRATAMENTO NA REGIÃO AMAZÔNICA

Este capítulo é o relato de experiência de uma mãe que se vê diante de um quadro desesperador, ocasionado por repetidos episódios de convulsões em seu bebê de 8 meses, em Macapá, Estado do Amapá, na região Norte do Brasil, em meio à Floresta Amazônica; onde a assistência médica é precária e os recursos tecnológicos são escassos. Muito além de mais uma história de descaso com a saúde pública na região amazônica, este texto vem como um pedido de socorro e um ato de reivindicação por garantia de direitos básicos à saúde da pessoa autista nesse pedaço do Brasil, tão negligenciado pelo poder público.

MARIA DAS DORES E SILVA

Maria das Dores e Silva

Contatos
madoredimitri@gmail.com
96 99110 7072

Professora da Rede Pública do Estado do Amapá, atuando há mais de 20 anos na esfera estadual e municipal com formação inicial em Magistério pelo Instituto de Educação do Estado do Amapá (IEEA), graduação plena em Pedagogia pela Universidade Federal do Amapá (UNIFAP); pós-graduação *latu-sensu* em Práticas Pedagógicas Aplicadas a Pessoas com Necessidades Educativas Especiais pela Faculdade Atual, pós-graduanda em Neuropsicopedagogia Institucional Clínica e Hospitalar pela Faculdade de Minas Gerais (FACUMINAS). Além de diversos cursos na área da educação especial, na qual atua como professora do Atendimento Educacional Especializado (A.E.E). Mãe do Kairo Jamal Silva Agenor, diagnosticado com Transtorno do Espectro Autista, motivo de entusiasmo pela vida, incentivo diário por novas descobertas acerca do espectro.

O que afeta diretamente uma pessoa, afeta a todos indiretamente.
MARTIN LUTHER KING

A chegada de um bebê em uma família é sempre cercada de expectativas. Toda mãe, deseja que seu filho seja perfeito; mas também é cercada de inseguranças e medo das imperfeições, sejam elas físicas ou de natureza neuropsicológica.

Quando um bebê nasce, toda mãe fica ansiosa para vê-lo e confirmar se seu corpinho está totalmente formado, depois vêm as expectativas de que seus sentidos estejam funcionando perfeitamente, logo esses anseios são sanados pelos testes pós-natais: teste do pezinho, olhinho e orelhinha; que trazem alívio ao coração receoso da mãe, que quer o melhor para o seu bebê. Mas o que fazer quando o indesejável é invisível aos olhos? E ao passar do tempo a criança começa a apresentar comportamentos não esperados, crises repentinas de espasmos e convulsões sem motivo aparente?

O socorro médico é imediato. Mas são muitas dúvidas que povoam a mente dos pais e familiares, e são muitas as angústias que cercam uma situação de doença na família.

Em um momento desse, tudo o que se deseja é um diagnóstico rápido e um tratamento eficaz, mas a realidade da saúde pública no Brasil está longe de ser eficaz quanto mais ideal, na região norte se torna ainda mais difícil; e a batalha pela vida ou qualidade de vida muitas vezes se perde; não na amplitude da floresta, mas na imensidão de descaso que assola a vida dessas pessoas, que são tão cidadãos, tanto quanto qualquer pessoas dos grandes centros urbanos e econômicos.

A Região Norte é a maior região em extensão territorial do Brasil e, também, a maior em desigualdade social, apesar de sua imensa riqueza natural.

De acordo com dados do IBGE de 2019, essa região ocupa 45% do território brasileiro; com uma população de cerca de 18.430.980 habitantes, com uma renda domiciliar per capita em torno de R$950,00; um valor irrisório, diante de tantas necessidades essenciais que qualquer cidadão precisa.

Dados demonstram os descasos com a população, com uma taxa de mortalidade de 20,97 (IBGE-2010). É notável o descaso com a saúde. Considerando a taxa de mortalidade infantil do país que era de 12,8 (IBGE, 2017), no Amapá, estado localizado no extremo norte do Brasil, em meio à floresta Amazônica, essa taxa era de 23%, a maior entre todos os estados da federação.

É nesse cenário alarmante que a população desse estado e demais estados da região norte se encontra; com assistência médica e social precária, a população tem dificuldade em acessar cuidados médicos básicos, tornando a vida dos pacientes que precisam de tratamento de alta complexidade um caos desesperador.

Dessa forma, para que se possa ter uma visão mais concreta dessa situação, vejamos o relato da mãe desse pequeno cidadão da Amazônia, K.J.S.A, de 4 anos de idade, morador do Estado do Amapá; uma cidade litorânea que não tem ligação por via terrestre com os outros estados da Federação, onde só é possível acessar outras partes do país por meio de transportes marítimos ou aéreos, ocasionando um alto custo para buscar tratamentos em outros estados.

Em meio a esse cenário caótico, o menor K.J.S.A nasceu aos 09 dias de fevereiro de 2018, é o quarto filho de uma família de 4 irmãos maternos e o 5º filho de uma família de 5 irmãos paternos.

Apesar de ter sido uma gravidez planejada, o mesmo enfrentou muitas dificuldades desde sua concepção que só se realizou após 1 ano de tentativas, também pelo fato de a mãe ser hipertensa crônica. Seu pré-natal ocorreu sob os cuidados do setor de alto risco da única maternidade da capital.

K.J.S.A nasceu prematuro de um parto cesariano e ficou internado por volta de 15 dias de vida pela icterícia, realizou os testes pós-natais que estavam dentro da normalidade, alimentou-se com leite materno até os 06 meses.

Tudo estava correndo dentro do esperado para a idade, mas ao atingir os 8 meses teve sua primeira convulsão, foi internado no único pronto atendimento infantil público da capital, esperou 21 dias até que conseguisse realizar uma tomografia computadorizada e cerca de meses para realizar um eletroencefalograma que não evidenciaram nada de anormal. Teve alta e, ao voltar para casa, sofreu novamente outras convulsões, recebeu os primeiros socorros e foi encaminhado para o neuropediatra. Ficou em uma lista de espera por 3 meses devido ao estado do Amapá ter carência desse profissional, dispondo apenas de 3 profissionais para atender o estado todo.

Em meio a todo esse cenário crítico, a família teve que acionar, via judicial, atendimento de urgência devido às convulsões frequentes. A criança foi internada no único hospital de pediatria público do estado, onde permaneceu por 3 meses para controle das crises convulsivas.

Esgotando todas as possibilidades de tratamento na referida unidade, foi encaminhado para tratamento de domicílio (TED) no ano de 2019 pelo Sistema Único de Saúde (SUS), encaminhado para realizar exames específicos como: videoeletroencefalograma de 24h e ressonância 3 tesla, que não são realizados no estado do Amapá.

Todavia, o encaminhamento ao programa de T.F.D não é garantia de atendimento, pois a lista de espera é muito extensa e o menor K.J.S.A aguarda até o presente momento para realizar esses exames, que foram solicitados em 2019.

Assim passados 3 anos que a criança passou a apresentar crises convulsivas generalizadas, já somam mais de 200 episódios com necessidade de hospitalização.

Causa indignação que, mesmo acionando a justiça, ainda não conseguiu até a presente data realizar os exames necessários para finalizar o diagnóstico e o tratamento adequado que o caso requer.

Nesse sentido e na tentativa de melhorar a qualidade de vida do menor K.J.S.A, a família buscou por meios próprios, campanhas solidárias nas redes sociais e televisão, bingos e rifas, viajar com a criança para o estado do Amazonas no ano de 2020 na busca por realizar exames.

Como a solicitação da UTI Aérea para a remoção da criança não foi atendida, mesmo com o pedido médico, a família optou, por sua conta em risco, viajar com a criança por via marítima. A viagem durou 5 dias sobre as águas do rio Amazonas, clamando a Deus para que a criança não convulsionasse durante o percurso. Caso ocorresse, não haveria como pedir socorro médico, visto que estavam no meio da imensidão do Rio Amazonas, cercados pela floresta Amazônica.

As condições de viagem eram precárias, pois estavam em fevereiro, mês de período chuvoso na Amazônia, a embarcação estava superlotada. Para quem não conhece o transporte de passageiros fluvial nessa região, não faz ideia do quão cansativa é a viagem. Passageiros acomodam-se redes em um emaranhado que balança com as ondas da maresia, com um espaço com cerca de 50cm, entre um armador de rede e outro. É inevitável o contato físico, o perigo de naufrágio assusta. Mesmo nessas condições insalubres, o pior ainda estava por vir, pois o mundo já anunciava os primeiros casos de morte por covid-19.

O menor K.J.S.A, ao chegar à capital do Amazonas (Manaus), submeteu-se ao exame de videoeletroencefalograma de 12 horas, que acusou atividades eptelogênicas. Consultou com médica neuropediatra, única cadastrada na região norte a prescrever a Canabidiol, pois a família já buscava por meio das alternativas de tratamento, visto que os medicamentos convencionais da indústria farmacêutica não tinham controlado as intensas crises generalizadas.

Ainda na busca por tratamento, a família seguiu viagem de Manaus para Belém do Pará, para consulta com médico neuropediatra especialista em autismo que, após avaliar a criança e realizar anamnese com a mãe, diagnosticou o autismo e solicitou novos exames de imagem e genéticos, encaminhando o mesmo para a geneticista especialista que o estado possui, especialidade não disponível na rede pública e privada do estado do Amapá.

Ao retornar à sua cidade de origem (Macapá-AP), a pandemia já estava instalada, já haviam os primeiros casos em Manaus e em Belém do Pará.

O menor K.J.S.A apresentava saúde frágil e baixa imunidade; a preocupação era constante. Era questão de tempo para que fosse infectado. Como precisava de auxílio hospitalar emergencial constante, o risco de contaminação era muito alto para covid-19.

Nesse sentido, a família na intenção de preservar a criança do contato com o vírus, refugiou-se em um terreno na Zona Rural, distante 1h da UPA mais próxima, mas a necessidade de hospitalização era constante. Em uma dessas internações, a criança foi infectada com o vírus Sars Cov 2 e toda a família também.

Diante desse cenário, iniciou-se mais um episódio desesperador para a família da criança, visto que o estado do Amapá não dispunha de U.T.I pediátrica para atender pacientes com covid-19, e o menor K.J.S.A foi o primeiro paciente com Síndrome Respiratória Aguda Grave a precisar de um Leito de UTI.

A criança deu entrada na UPA da Zona Norte da cidade com o quadro de convulsão e recebeu os primeiros socorros. Mas logo em seguida entrou em parada cardiorrespiratória, foi reanimado, entubado e encaminhado para o pronto atendimento infantil do estado, onde submeteu-se a exame de raio-X, que demonstrou um comprometimento muito grande nos dois pulmões. A criança também realizou o teste de covid-19 e foi confirmado positivo, foram pedidos exames de tomografia do tórax evidenciando mais de 75% de comprometimento nos dois pulmões.

Diante da gravidade da situação, a mãe teve que acionar a justiça para que os direitos mínimos da criança pudessem ser preservados, visto que precisava de um leito de UTI e o único hospital pediátrico não podia interná-lo na UTI, era um risco alto de contaminação para os outros pacientes da UTI.

Recorreu à imprensa para chamar a atenção para o descaso da saúde pública no estado, já que o governo do estado tinha recebido recursos para criar leitos durante a pandemia. Procurou a Secretaria de Saúde do Estado, a fim de exigir explicações pela falta de leito para pacientes pediátricos com covid-19, foi informado que estavam providenciando, mas que faltava uma cânula no respirador infantil. Assim que adquirissem, iriam transferi-lo do pronto atendimento infantil para a ala pediátrica do centro de covid recém-inaugurado.

Foram momentos de muita tensão, pois os médicos não sabiam como a criança reagiria ao tratamento. Era tudo muito novo. A equipe médica se empenhou ao máximo para salvar a vida do menor K.J.S.A, que passou 20 dias na U.T.I entubado. Mesmo com toda essa situação delicada, conseguiu sobreviver ao vírus da covid-19.

Diante do exposto, a pandemia contribuiu mais ainda para a demora no tratamento e no diagnóstico do menor K.J.S.A, que vem até o presente momento sofrendo com convulsões com um diagnóstico parcial de Epilepsia Refratária e Transtorno do Espectro Autista, com encaminhamento para avaliação com geneticista, profissional que não está disponível no estado do Amapá, e que é de fundamental importância para um diagnóstico mais preciso e melhora na qualidade de vida da criança.

Referências

BRASIL, Lei Nº. 12.587, de 3 de janeiro de 2012. Diretrizes da política nacional de mobilidade urbana. 2012.

EBERT, M; LORENZINE, E.; SILVA, E. F. *Trajetória percorrida por mães de crianças com transtorno autístico*, 2013. Biblioteca loscasas. v. 9, n. 3 pp. 1-21.

FEDERAL, S. *et al.* Constituição da República Federativa do Brasil, 1988. Declaração Universal dos Direitos Humanos (DUDH) de 10 de dezembro de 1948. Disponível em: <https://www.unicef.org/brazil/declaracao-universal-dos-direitos-humanos>. Acesso em: 19 set. de 2022.

RIBEIRO, E. L. P.; C. S. *Política de saúde mental para criança e adolescentes*. In: Políticas de Saúde Mental. São Paulo: Imprensa Oficial do Estado de São Paulo.

SILVA, S. B. *O autismo e as transformações na família*, 2009. Disponível em: <http://siaibib01.univali.br/pdf/scheila%20borges%20da%20silva.pdf>. Acesso em: 19 set. de 2022.

TIBYRIÇA, R. L.; FREITAS A. C. C. L. *et al.* Cartilha direito da pessoa com autismo. *Revista Autismo*, 1º ed. março de 2011. Disponível em: <https://www.revistaautismo.com.br/CartilhaDireitos.pdf>. Acesso em: 19 set. de 2022.

ZANATA, E. A. *et al. Cotidiano de família que convive com autismo infantil.* 2014, v. 28, n. 3, pp. 271-282.

21

AUTISMO "LEVE" EM MENINAS
O QUE VOCÊ PRECISA SABER

"Os sintomas do autismo em meninas são muitas vezes ignorados, por conta de outros comportamentos enxergados como naturais. A consequência disso é que, ao longo do tempo, um número acentuado de mulheres com TEA, passa por invisibilidade e está sujeita à incompreensão em determinados momentos da vida social". (CLAY BRITES - Neurologista)

MARTA SOUZA

Marta Souza

Contatos
www.martasouza.com.br
contato@martasouza.com.br
Instagram: @psicologamartasouza
              @terapeutadecasal
11 98268 3283

Psicóloga graduada pela UNIP (2014). Especialista em Terapia de Casal e Família na Abordagem Sistêmica pela PUC/SP (2018). Especialista em Terapia Cognitivo-comportamental pelo CETCC (2019). Formação em Terapia do Esquema Emocional pelo CETCC (2022). Membro da Associação Brasileira de Psicologia.

O Transtorno do Espectro Autista (TEA) é um transtorno do neurodesenvolvimento caracterizado por déficits na comunicação e na interação social, comportamentos repetitivos e estereotipados, podendo apresentar um repertório restrito de interesses e atividades.

De acordo com o neurologista Dr. Clay Brites, existem três níveis de autismo: nível 1, 2 e 3, os quais descrevem a gravidade dos sintomas. As pessoas que se enquadram no nível 1, ou autismo leve, precisam de menos suporte. Já as que estão no nível 2 precisam de mais apoio para determinadas atividades. Enquanto que, aquelas que estão no nível 3, o tipo mais grave de autismo, precisam de muito suporte para realizar as atividades da vida diária.

Poderia escrever inúmeras coisas sobre TEA, mas escolhi compartilhar como descobri que a minha filha tem e o que nenhum profissional da infância me contou. Atualmente, ela tem 13 anos. Desde o seu nascimento, teve acesso aos melhores profissionais. Nenhum deles nunca levantou a suspeita de que ela poderia ser autista. Infelizmente, a maioria dos profissionais que trabalham com crianças não possuem conhecimento necessário sobre TEA "leve".

Ela começou na escolinha aos dois anos de idade, sua fala era muito deficitária, falava poucas palavras, mas isso era comum nas crianças da minha família. Isso não me preocupava tanto, acreditava que no "tempo certo", tudo seria resolvido. Minha maior preocupação era a seletividade alimentar, ela mamou em livre demanda até os dois anos e meio. Não aceitava nada de alimentos, muitas vezes eu pedia ao pediatra para receitar vitaminas para aumentar a fome, ele sempre negou pois, na visão dele, não havia necessidade, ela estava bem clinicamente. A orientação era "deixar com fome", pois só assim ela aceitaria outros alimentos. Fomos ignorando os sinais do autismo.

Tentei aumentar os espaços das mamadas e, mesmo assim, ela não aceitava outro alimento. Tentei de tudo, eu me sentia uma péssima mãe por não conseguir alimentar minha filha como deveria. No final eu acabava cedendo, não achava justo deixá-la com fome. Mas nunca desisti, sempre incentivei a experimentar diversos alimentos.

Certa vez, já no ensino fundamental, uma das professoras relatou que ela vivia no mundo dela. Parecia distante, no entanto quando a professora perguntava algo sobre a aula, ela respondia de acordo, ou seja, ela estava atenta, do jeito dela.

Sempre foi uma criança educada, boazinha e "tímida". Na escola sempre foi elogiada como aluna exemplar. Nas festas e eventos, eu percebia que, apesar de estar com os amigos, ela não fazia "parte", estava sempre junto, mas não havia interação como "deveria". Como ela adora desafios, a incentivei a participar de um concurso de bolsas de estudos numa escola de renome aqui em São Paulo. Ela conseguiu bolsa de 90% no valor da mensalidade. Dois meses depois de iniciarem as aulas, veio a pandemia.

A pandemia e o diagnóstico

Com a pandemia da covid-19, as aulas passaram a ser on-line, e aí eu pude observar muitas coisas que aconteciam na escola. Ela apresentava dificuldade em se manter sentada durante a aula. Quando questionada, ela dizia que não conseguia se manter atenta, que a aula era repetitiva, e aprendia em dez minutos, o que os professores levavam cinquenta para explicar. Além disso, os professores falavam muito de suas vidas pessoais e ela ficava incomodada com isso. Reclamava que tinha muito barulho (alteração sensorial) e que ninguém conversava com ela (déficit na interação social). Tinha a sensação de que estava perdendo tempo. Dizia que: não tinha interesse na vida pessoal dos professores; o que era ensinado na escola não fazia sentido para ela; que o modelo de ensino é ultrapassado. Repetia essas falas todos os dias.

Percebi que, durante as aulas, ela ficava andando de um lado para o outro (estereotipia/comportamento repetitivo). Começou a passar mais tempo lendo mangá, e só falava sobre isso (hiperfoco). Contou que prefere estudar sozinha e que sentia dificuldades em encontrar pessoas com os mesmos gostos que ela (repertório restrito de interesse e atividades). Sua inteligência sempre me chamou a atenção, sempre teve muita facilidade com números e lógica, aprendeu inglês sozinha e está aprendendo outras línguas.

Me formei em Psicologia em 2014, ela estava com 7 anos de idade. Na faculdade o que falavam sobre autismo era muito superficial e estereotipado, é muito diferente do que é na realidade. Falavam sobre autismo moderado e grave, mas o autismo "leve" nunca fora mencionado.

Como psicóloga, eu recebo muitas crianças e adolescentes com diagnóstico e ou suspeita de TDAH, TOD e muitas com dificuldade de interação devido à "timidez" exagerada. Eu sou uma pessoa/profissional curiosa e tenho "sede" por conhecimento. Alguma coisa não se encaixava, nem com a minha filha nem com os meus pacientes. Eu estava com vários relatórios neuropsicológicos de pacientes e, mesmo com os resultados (TDAH, TOD, Ansiedade, Depressão, problemas emocionais etc.), a minha intuição/raciocínio clínico me deixava inquieta, eu tinha certeza de que tinha algo mais. Na busca por algo que explicasse melhor esses "diagnósticos", acabei fazendo alguns cursos na área de desenvolvimento humano e transtornos do desenvolvimento.

Pronto, as coisas começaram a fazer sentido. Eu descobri que existem duas escalas consideradas "padrão ouro" para diagnóstico do autismo, são conhecidas como ADOS E ADIR. A partir daí, começou minha busca por profissionais capacitados para aplicar essas escalas.

Encontrei a Dra. Patrícia Rzezak, neuropsicóloga, solicitei que fizesse uma avaliação neuropsicológica na minha filha e que incluísse a escala ADOS na avaliação. Como resultado da avaliação, veio o diagnóstico de "Dupla excepcionalidade", ou seja, altas habilidades/superdotação e autismo. Segundo ela, minha filha utilizava da inteligência para camuflar/mascarar os sintomas do autismo. Contou ainda que, na avaliação geral, não foi possível identificar o autismo, apenas na escala ADOS. A devolutiva que ela fez comigo e meu marido teve o efeito de um curso intensivo sobre dupla excepcionalidade, principalmente sobre o autismo.

A partir daí, tudo se encaixava, abriu uma "janela" enorme na minha frente e, como consequência disso, peguei todos os relatórios dos meus pacientes e comecei a questionar os resultados das avaliações. Isso foi surpreendente, a maioria dos meus pacientes (crianças e adolescentes) são autistas. No caso deles, o TDAH, TOD, ansiedade e depressão são comorbidades do TEA.

O neurologista Dr. Clay Brites afirma que os sintomas do autismo em meninas são muitas vezes ignorados, por conta de outros comportamentos enxergados como naturais. A consequência disso é que, ao longo do tempo, um número acentuado de mulheres com TEA, passa por invisibilidade e está sujeito à incompreensão em determinados momentos da vida social. Era exatamente isso que estava acontecendo com a minha filha.

O que você precisa saber sobre autismo "leve" em meninas

1. Os estudos nessa área, apontam possíveis diferenças entre sexos que ajudam as meninas a escaparem da observação dos médicos. Enquanto os meninos com autismo podem ser hiperativos ou parecerem comportar-se mal, as meninas geralmente parecem tímidas, ansiosas ou deprimidas.
2. As meninas costumam usar estratégias para tornar os movimentos repetitivos menos detectáveis. O método mais comum é redirecionar a energia para movimentos musculares menos visíveis, como sugar e apertar os dentes ou tensionar e relaxar os músculos da coxa.
3. A maioria tenta canalizar sua necessidade de estimulação para movimentos mais aceitáveis socialmente, como tocar uma caneta, rabiscar, desenhar ou brincar com objetos embaixo da mesa. Muitas tentam restringir seus movimentos para as ocasiões em que estão sozinhas ou em um lugar seguro, como com a família. Todas essas estratégias exigem um esforço considerável, podendo sentir-se completamente esgotadas mental, física e emocionalmente.
4. Algumas desempenham tantos papéis para se disfarçar ao longo dos anos, que perdem de vista sua verdadeira identidade. Podem sentir que suas amizades não são reais, porque são baseadas em uma mentira, aumentando a sensação de solidão.
5. Os testes padrão podem não identificar muitas meninas com autismo, pois foram projetados para detectar essa condição em meninos. Além disso, os médicos podem não reconhecer os interesses restritos apresentados.
6. Os profissionais indicados para investigar o TEA são: psicólogo, neuropsicólogo, neurologista, psiquiatra, fonoaudiólogo, psicomotricista e terapeuta ocupacional. Não esqueça que as escalas ADIR e ADOS são "padrão ouro" para diagnóstico do autismo. Procure profissionais ESPECIALISTAS em TEA.
7. Minha filha foi diagnosticada aos 13 anos. Poderia ter sido diagnosticada ainda na primeira infância se os profissionais estivessem preparados para isso. Existe uma grande quantidade de mulheres que só foram diagnosticadas depois de adultas e outras, provavelmente, nunca saberão que são autistas.
8. Fiquem atentos aos comportamentos atípicos. Os sintomas variam muito de uma pessoa para outra. Cada ser humano é único e, no autismo, não é diferente.

Referências

NEUROSABER. *TEA em meninas e mulheres – sintomas.* Disponível em: <https://institutoneurosaber.com.br/tea-em-meninas-e-mulheres-sintomas/>. Acesso em: 20 mar. de 2022.

ONTIVEROS, E.; HEREDIA, L. *Dia mundial do autismo: meninas autistas podem estar deixando de receber tratamento por falta de diagnóstico correto.* BBC. Disponível em: <https://www.bbc.com/portuguese/geral-47779342>. Acesso em: 15 mar. de 2022.

SECRETARIA DA SAÚDE DO GOVERNO DO ESTADO DO PARANÁ. *Transtorno do Espectro Autismo (TEA).* Disponível em: <https://www.saude.pr.gov.br/Pagina/Transtorno-do-Espectro-Autismo-TEA/>. Acesso em: 20 mar. de 2022.

SILVA, M.; MULICK, J. A. Diagnosticando o transtorno autista: aspectos fundamentais e considerações práticas. *Psicologia: ciência e educação,* Brasília, v. 29, n. 1, 2009.

USP. *Autismo em mulheres: os custos da camuflagem do autismo.* Universidade de São Paulo. São Paulo, 2019.

22

QUANDO O DIAGNÓSTICO CONSTRÓI UM NOVO PROPÓSITO DE VIDA

Este capítulo trata sobre as transformações ocorridas no percurso de diagnóstico de Transtorno do Espectro Autista (TEA) e a possibilidade de construção de um novo propósito de vida e trajetória profissional.

MAYANA LACERDA

Mayana Lacerda
CRP 10/4903

Contatos
www.mayanalacerda.com.br
mayanalacerda@espacotear.com
Instagram: @mayanalacerda.psi
Facebook: Mayana Lacerda
96 98119 7735 / 96 3331 7735

Psicóloga clínica; terapeuta cognitivo-comportamental da infância e adolescência (Instituto WP); especialista em Psicologia e Transtorno do Espectro Autista (TEA), Neuropsicologia. Atuando em avaliação psicodiagnóstica de crianças a partir de 12 meses com ADOS-2; em intervenção precoce no Early Start Denver Model (ESDM), com formação pela UC Davis, Mind Institute. Sócia-diretora do Espaço TEAR, clínica especializada em neurodesenvolvimento infantil, onde coordena equipes de intervenção precoce, treinamentos e supervisões a famílias e profissionais para intervenção em autismo.

Em nossa caminhada de terapeutas, é comum conhecermos profissionais (de referência nacional ou internacional) que também são pais, mães ou familiares muito próximos de pessoas com TEA.

Essa relação sempre me deixou curiosamente feliz, certamente porque conversa com minha história também, mas especialmente porque, com os anos de prática clínica, ela passou a fazer mais sentido e me fez enxergar algo que no início de minha trajetória e/ou até mesmo do diagnóstico em minha família eu não me dava conta: o poder transformador dessa mudança.

Como disse Albert Einstein: "A mente que se abre a uma nova ideia, jamais voltará ao seu tamanho original". Essa frase diz muito sobre nossa vivência enquanto comunidade autista que, a partir do momento em que a porta de conhecimento sobre o espectro se abre, não há mais como manter o antigo olhar sobre o mundo, as coisas, as pessoas e os comportamentos.

Quando falo do poder transformador, me refiro a algo que mudou e jamais poderá retornar ao que era antes. Um poder que realmente só o conhecimento tem. O poder do acesso a algo jamais pensado até então, mas que se abre para uma nova perspectiva de diversas coisas que acontecem (e muitas vezes sempre aconteceram) à nossa volta. As respostas que chegam, as explicações profissionais, até mesmo os nomes novos aprendidos nas pesquisas do Google e suas definições para coisas simples do dia a dia vistas até então como o jeitinho dela.

Ouso me colocar nesse papel porque tive a oportunidade de sentar-me em duas cadeiras, ocupar dois lugares distintos, mas que não são opostos: o de familiar (tia/prima/irmã) que aguardava ansiosamente o feedback da avaliação profissional e o de profissional que hoje avalia, diagnostica e intervém em casos de autismo.

Durante o processo de avaliação diagnóstica, a observação mais apurada dos especialistas sobre os comportamentos da criança nos atravessa de maneira impactante, aprendemos a olhar as sutilezas de comportamentos destacados pelos especialistas, que até então eram banais em nossa rotina, mas que de repente se tornaram sinais e sintomas de um transtorno.

Em muitos casos já até sabemos disso, mas pode ocorrer a negação do não querer acreditar que algo tão fofinho e tão peculiar da criança possa ser "isso que a doutora está falando", ou sabemos e não conseguimos identificá-lo como um problema de fato, por simples ignorância mesmo e desconhecimento sobre comportamentos autísticos. Mas, desde já, deixo a pergunta: é um problema para você? Incomoda você?

Talvez os comportamentos restritos e repetitivos sejam os que menos incomodam a família no processo. Diariamente vejo os pais reforçando/incentivando os interesses restritos. Se elas gostam de carrinho, dinossauro ou letras, toda a família a presenteia com objetos dentro desse tema e isso não é um problema. Alguns movimentos repetitivos podem incomodar a família por diversos motivos como vergonha, por achar feio e/ou por saberem no fundo o que eles são e principalmente, o que podem significar.

Vejo a nomeação de cada comportamento/sintoma da criança no processo de avaliação diagnóstica, comparando com a caminhada em um corredor escuro com iluminação por sensor: cada passo avançado dentro do ambiente é uma nova luz se acende, a percepção se aguça e a compreensão fica mais próxima do que aquilo representa. Quando se trata de comportamentos restritos e repetitivos, a pergunta a ser respondida não seria o "por quê?", mas sim o "para quê?"; quando as respostas começam a chegar, o coração vai sendo preenchido por compreensão.

Eu sempre achei muito fofinho o momento que estava deitada na cama descansando depois do almoço e Maria vinha até mim para brincar com o botão da minha calça jeans, rodando, rodando, rodando e sorrindo. Eu mesma sorria e brincava com ela. Ela não girava rodas de carrinhos porque não tinha carrinhos, mas girava qualquer outra coisa que encontrasse. Sempre achei fofinho como ela pulava, mesmo estando sentada em posição de W, fazendo *flapping* e batendo palminhas para as suas músicas preferidas. Hoje, em meu consultório, no dia a dia, continuo achando lindo os *stims* de dedinhos balançando de alegria, como se estivessem tocando uma guitarra.

Eu acho lindo por ser ela, ser dela, ser deles. Porque são crianças que tenho afeto e, sei que estas são suas maneiras de expressar alegria, aprendi a enxergar beleza nisso, pois não espero que se expressem igual a mim. Entendo que se expressam diferente de mim em comportamentos; não cultivo a frustração de esperar que façam igual. Afinal, existe um padrão estabelecido de expressão de sentimentos que é socialmente aceito e politicamente correto? Mas sempre que uma família me pede para "tratar" estereotipias que não atrapalham em nada a vida de uma criança, pela dificuldade pessoal de em lidar com essa questão, isso atravessa todos os meus sentimentos e vivências - mas rapidamente, logo me traz de volta ao meu lugar de profissional e lembro todo caminho já percorrido até aqui, tudo que já superei e aprendi nas infinitas trocas que tenho com as crianças. Espero, com esperança e fé, que essa família também viva esse processo.

Sem dúvidas, a minha vivência enquanto familiar e a experiência que tenho com diversas crianças em intervenção precoce, me fortalecem no momento de ofertar acolhimento, esperança, segurança técnica e empatia às famílias no desafio mais doloroso de todos: a ausência de reciprocidade social. O tão sonhado retorno afetivo de um olhar, um sorriso, um tchauzinho com beijo na despedida, a voz que você sempre sonhou falando papai ou mamãe.

São expectativas básicas de todos os pais do mundo inteiro, neurotípicos ou neuroatípicos. O bebê vai crescendo, crescendo e esses marcos não acontecem. Ou acontecem e deixam um gostinho de quero mais na família, que sente algo diferente, atrasado, demorando a acontecer; ou, quando acontecem, percebem sutilezas que não correspondem àquela expectativa de como seria. Mas ela realiza, ela faz, ela ri, ela olha, não com frequência, não é sempre ou com todas as pessoas que convive, mas já que faz, a família respira tranquila/aliviada e segue, muitas vezes calada, sem dividir com ninguém essa preocupação com um detalhe que "não deve ser nada" e para evitar julgamentos.

Os autores Pinto *et al.* (2016), em pesquisa sobre o impacto do diagnóstico e repercussões nas relações familiares, percebeu que a revelação diagnóstica do Transtorno do Espectro Autista, causou diversas repercussões no contexto familiar, principalmente diante da relação entre os familiares. Sentimentos de frustração quanto ao filho idealizado, a priori, dificultam a aceitação do diagnóstico especialmente por parte de familiares paternos, que algumas vezes se distanciam do convívio com a criança. O autor refere que o processo de aceitação do diagnóstico, principalmente por parte de pais, se torna mais difícil devido ao desconhecimento sobre o Transtorno, o que fortalece a necessidade de maior apoio, atenção e orientação por parte dos profissionais nesse momento.

Em minha prática clínica, quase diariamente acolho mães que vêm, na maioria das vezes, solitárias e sem apoio do cônjuge ou da família nuclear pontuar suas percepções. Mesmo depois de noites em claro, pesquisas infinitas, dúvidas, questionamentos, ainda precisam lidar com o julgamento e a falta de empatia de quem não convive com a criança e não sabe ouvir sem julgar os seus apontamentos.

Zanon, Backes e Bosa (2014) realizaram uma pesquisa entrevistando pais brasileiros, buscando identificar os primeiros sintomas de autismo percebidos pelos pais e criaram 4 categorias para análise da natureza dos primeiros sintomas observados, a saber: atraso/peculiaridades no desenvolvimento da linguagem; problemas no comportamento social; comportamento estereotipados e repetitivos; atraso/peculiaridades no desenvolvimento de outras áreas.

Em alguns casos, os informantes relataram preocupações em relação a mais de um comportamento da criança e estes casos foram classificados em mais de uma categoria, ou seja, respostas múltiplas. Sua pesquisa constatou que 83,67% dos comportamentos relatados corresponderam a uma das 3 áreas comprometidas pelo TEA: atraso/peculiaridade no desenvolvimento da linguagem (36,73%), problemas no comportamento social (30,61%), comportamento estereotipado e repetitivo (16,33%) e os demais sintomas se referiam a outras áreas de desenvolvimento, como problemas no sono, na alimentação e no desenvolvimento motor.

Quanto aos comprometimentos no desenvolvimento social, os autores apontaram algumas subcategorias: 1) Interação; 2) Olhar e sorriso; 3) Não responde ao ser chamado pelo nome; 4) Não responde à separação dos pais. A interação social foi a área que evidenciou os maiores problemas como ansiedade, aversão, medo ou indiferença no contato com outras pessoas, pois estes comportamentos representam 57,1% do total dessa subcategoria; em seguida, problemas na qualidade do olhar: sorriso com o 28,6%, com exatamente 7,15% ausência de resposta da criança ao ser chamada pelo nome, e o fato dela não responder à separação dos pais.

Ainda segundo a pesquisa, 43,75% dos pais afirmaram ter reconhecido os primeiros problemas entre o primeiro e o segundo ano de vida do filho; já 28,12% deles identificaram antes do primeiro e, do mesmo modo, 28,12% identificaram apenas após o segundo ano de vida da criança. Porém, sabemos que, desde a identificação dos primeiros sintomas até de fato começar a busca por profissionais, conseguir vaga e receber um diagnóstico, existe uma grande lacuna de tempo.

O consenso da ciência hoje sobre o TEA publicado por Bernier, Dawson e Nigg (2021) aponta que o autismo ocorre ao longo de um espectro porque as características centrais assumem diversas formas, e temos agora evidências de que os déficits principais no transtorno se desenvolvem por muitos caminhos casuais distintos, envolvendo diferentes sistemas biológicos e diferentes contribuições genéticas e ambientais. "Gostamos da ideia de um espectro, pois pode nos ajudar a focar no perfil individual, nos pontos fortes específicos e nos desafios da criança". (BERNIER, DAWSON & NIGG, 2021, p.14).

Pensar em desafios específicos, também nos faz relembrar de todos os desafios e vitórias conquistadas em família. Ao olhar para trás e lembrar de cada palavra, frase dita, cada conquista e até mesmo aquela criança que fala initerruptamente e nos faz pedir "Silêncio" num momento e, no segundo seguinte, nos faz lembrar: como eu desejei que esse dia chegasse, da fala fluente.

De repente, emerge o desejo de que outras (por que não todas) crianças do mundo também tenham a oportunidade dessas conquistas. A alegria e a realização é tamanha que nos faz sentir vontade de fazer parte desse processo, ser agente transformador e contribuir com a história de outras crianças e suas famílias assim como os terapeutas dos nossos também contribuíram.

E assim surgem familiares se aprofundando nos estudos sobre autismo, buscando capacitações profissionais e decidem que este também será seu propósito de vida: contribuir com outras famílias da mesma forma que contribuíram com a sua. Contribuir, retribuir, construir e ampliar a rede de apoio tão escassa e pequena que só quem já enfrentou longas listas de espera de especialistas conhece.

Costumo dizer que em nossa comunidade quem está "na vez", sempre arruma um tempinho para acolher quem acabou de entrar na fila do caminho do Espectro, quem ainda está investigando ou recebeu um diagnóstico recente. E a soma da vivência individual, da partilha coletiva e da busca de conhecimento técnico e profissional é o que faz a nossa rede crescer, se ampliar e ceder novos lugares e vagas aos que virão.

Tudo começa com a busca diagnóstica, depois a aprendizagem sobre metodologias terapêuticas, as supervisões de caso, discussões com equipe multiprofissional, treino de pais, depois uma pós-graduação, ou até uma nova graduação na área, uma oportunidade de fazer uma renda extra como assistente terapêutica (AT) aplicando terapias comportamentais e, de repente, agora nasce uma nova profissional.

Longe de mim pensar que ter um diagnóstico, vivência ou experiência de convívio tornaria alguém um bom profissional. Sua experiência te torna autoridade na sua vivência e sua voz deve ser respeitada pelo que lhe cabe e foi vivido, sem generalizar para as experiências do coletivo, pois cada pessoa e vivência são únicas. Afinal, um cirurgião plástico não precisa já ter sido paciente de cirurgias plásticas para se tornar um bom cirurgião, certo? Ele precisa ter formação adequada, dedicação e competência para tal.

Entretanto, se tratando de autismo, da caminhada no corredor do espectro onde as luzes têm sensor e se acendem a cada passo, onde o piso é irregular, atípico, cheio de altos e baixos, de surpresas inesperadas que podem te fazer escorregar, de pequenas conquistas que vão te fazer feliz e aprender a valorizar o que realmente importa: o olhar de pessoa para pessoa, o contato genuíno com o outro na relação.

É isso que faz valer a pena nossa vida em comunidade. E vale muito mais do que dinheiro, pois tem valor inestimável para pais/mães/famílias que jamais deixarão um interesse financeiro estar acima de toda a transformação que pode ocorrer na vida de uma pessoa e uma família no decorrer desse processo.

Referências

BERNIER, R. A.; DAWSON, G.; NIGG, J. T.; ROSA, S. M. M.; GOERGEN, M. S. *O que a ciência nos diz sobre o Transtorno do Espectro Autista*. Porto Alegre: Artmed, 2021, p. 312.

DAWSON, G.; MCPARTLAND, J.; OZONOFF, S. *Autismo de alto desempenho*. Belo Horizonte: Autêntica, 2020, 331pág.

PINTO, R. N. M.; TORQUATO, I. M. B.; COLLET, N.; REICHERT, A. P. da S.; NETO, V. L. de S.; SARAIVA, A. M. Autismo infantil: impacto do diagnóstico e repercussões nas relações familiares, 2016. *Revista Gaúcha de Enfermagem*. Disponível em: <https://www.scielo.br/j/rgenf/a/Qp39NxcyXWj6N6DfdWWDDrR/?lang=pt>. Acesso em: 19 set. de 2022.

ZANON, R. B.; BACKES, B.; BOSA, C. A. Identificação dos primeiros sintomas do autismo pelos pais, 2014, *Revista Psicologia: teoria e pesquisa*. Disponível em: <https://www.scielo.br/j/ptp/a/9VsxVL3jPDRyZPNmTywqF5F/?lang=pt>. Acesso em: 19 set. de 2022.

23

ENCONTRAMOS FELICIDADE APESAR DAS DIFICULDADES

Pessoas com TEA (Transtorno do Espectro Autista) são caracterizadas por apresentar algumas dificuldades no seu desenvolvimento social, comunicativo e pedagógico, com interesses restritos; alguns agressivos até com eles mesmos. Por ser um espectro, não encontramos um autista semelhante ao outro. Venho neste capítulo trazer um pouco da minha mínima experiência com o autismo e tentar ajudar, de alguma forma, outras famílias a encararem essa viagem não planejada, mas que pode ser mudada com a aceitação dos familiares e das pessoas com as quais convivem.

ROSEMERI DE CARVALHO SOUZA

Rosemeri de Carvalho Souza

Contatos
rosecarvalho77@gmail.com
Instagram: @rosemericarvalhos

Graduada em Ciências Contábeis. Pós-graduada em autismo e, atualmente, se especializando em ABA. Empresária e mãe em tempo integral.

Ninguém tem autismo sozinho.
FÁTIMA DE KWANT

Começo contando uma história que sempre vemos quando encontramos uma grávida. "E aí? Você prefere menina ou menino?" A resposta que mais ouvimos é: "Tanto faz, o importante é que venha com saúde!". E o que eu aprendi com essa história, é que o preconceito começa mesmo antes do nascimento do bebê e, o pior, pelos próprios pais.

E se não vier com saúde, perfeito, aquele mar de rosas que sempre sonhamos, vamos colocar para adoção? E mesmo que venha perfeito, saudável, no decorrer da vida podem acontecer acidentes e incapacitar nossos filhos, e aí? Parto do princípio de que os pais saibam que, quando a mulher engravida, deve-se já esperar aquele ser do jeitinho que Deus o mandar; e que nem sempre será cumprir a nossa vontade, mas a vontade Dele. Não somente o filho neurotípico merece amor e aceitação. Sei que é difícil lidar com aquilo que não planejamos, mas quando você aceita é libertador.

As minhas dificuldades com a maternidade começaram muito cedo. Logo que casamos, eu e meu marido já queríamos ser pais. Não demorei muito para engravidar e ficamos empolgados. Antes mesmo dos três meses, já tínhamos comprado quase todo o enxoval, quarto e várias outras coisas. Quando fomos fazer o segundo ultrassom, já não se ouvia o coração. Mas como? Eu saudável, não tinha passado mal nem nada que pudesse comprometer a saúde do bebê. Naquele momento, dentro do consultório, meu mundo desabou. Essa foi uma das primeiras perdas que tive.

Depois de muito tentar, eu descobri que tinha endometriose, o que me impedia de engravidar. Fizemos o tratamento e engravidei novamente. O medo nos dominava todos os dias e Deus estava me preparando porque eu já não tinha a mesma empolgação da primeira gravidez. E a mesma história se repete: na segunda ultrassonografia, já não ouvia o coração do bebê. Mais uma perda, um trauma e, por vários anos, tentei desistir. O tratamento da endometriose era muito cansativo e tinha medo de engravidar de novo e perder. E realmente tive um terceiro aborto espontâneo.

Eu já estava com um médico especialista em reprodução. Ele descobriu que eu tenho trombofilia, que se manifestava na gestação, na formação da placenta, por isso as perdas sempre aos três meses. Nessas idas e vindas, passaram-se quase 12 anos e, quando estávamos partindo para reprodução *in vitro*, Deus me abençoou e engravidei naturalmente, agora com um pouco mais de esperança porque o médico já sabia meu diagnóstico de trombose. E naquele dia eu disse a Deus: eu quero um filho do jeitinho que o Senhor me mandar, eu aceitarei.

O tratamento da trombose era com injeções anticoagulantes, "todos" os dias, na barriga, sempre no mesmo horário. Nessa gravidez eu tive dengue e, mais uma vez, me vi perdendo minha filha, porque quem tem dengue não pode usar anticoagulantes; e se não aplicasse, eu a perderia. Foram tantas rezas, tantas promessas, que deu tudo certo. Sou muito religiosa, apesar de não seguir uma religião, confio demais em Deus, é a minha fé que me sustenta todos os dias. Eu sei que Ele tem um propósito para mim.

Em setembro de 2013, eu tive uma das maiores alegrias da minha vida, veio ao mundo nossa filha, Daniela, minha companheira para tudo, que ama incondicionalmente o irmão mais novo. Eu e meu marido não temos palavras para descrever o quanto Deus nos recompensou depois de tanto sofrimento. A Dani é uma menina linda, amorosa, dedicada à família, ótima filha, veio muito melhor do que nós pedimos e merecemos. Toda mãe é suspeita ao falar bem dos filhos, mas quem a conhece sabe o quanto ela é maravilhosa.

Passou algum tempo e decidimos ter outro filho, afinal sempre achei que a Dani deveria ter irmão ou irmã. Dessa vez, engravidei no segundo mês após parar o remédio anticoncepcional. Já comecei o tratamento para trombofilia. Mas, aos cinco meses de gestação, tive zika vírus. Mais uma vez a sensação de perda e a expectativa do bebê nascer com alguma má-formação. A única coisa que pedi a Deus era que eu não perdesse meu filho, eu o queria vivo, não me importava se tivesse alguma deficiência.

Era uma doença nova, nem mesmo os médicos sabiam como proceder. Porém, no próximo ultrassom, vimos que o bebê estava totalmente perfeito. E assim, no dia 20 de julho de 2016, ganhei o segundo presente de Deus. Eu já tinha uma mínima experiência como mãe, a Dani estava com quase três anos, mas eu não sabia que dali para frente seria tudo um pouco diferente.

Naquele dia nasceu mais uma mãe em mim, agora a mãe atípica, que eu só vim a conhecer dois anos depois. Até então eu era uma mãe tentando repetir os mesmos passos da primeira maternidade, mas que nem sempre dava certo. O que eu mais escutava era o seguinte: assim como os dedos das mãos não são iguais, os filhos também não são.

Natan era um bebê também muito bonzinho, dormia bastante, chorava apenas quando saía de casa, na verdade hoje entendo que ele deu sinal de autismo muito cedo, mas eu não sabia, achava tudo normal no tempo dele. Sinais como:

- sempre queria assistir ao mesmo desenho na TV;
- preferia ficar no berço ou carrinho ao colo;
- não gostava de entrar no carro;
- sempre chorava quando aglomeravam muitas pessoas;
- aos nove meses, ainda não ficava sentado.

Assim, fiquei esperando o tempo dele, mas no aniversário de um ano minha irmã notou que ali não estava nada normal. Natan chorou a festa toda, o único lugar que ele acalmava era dentro do banheiro (onde não tinha tanto barulho nem pessoas em cima dele), teve diarreia o tempo todo, não ia nos braços de ninguém, preferia o carrinho. A partir daí, ela começou a observar e veio me falar quando já tinha quase dois aninhos a desconfiança de que ele tinha autismo.

Levei em três neurologistas e logo saiu o diagnóstico. Sinceramente, na nossa casa não teve o período de "luto" como muitas famílias passam. Para a gente, seria apenas um jeito diferente dele ser e começamos a entender o porquê daqueles comportamentos que ele tinha. A partir daí, na verdade, ficou mais fácil a convivência da família com ele.

Começamos o período da "luta". Comecei a ler e a estudar muito sobre autismo, aliás, não parei até hoje, sempre buscando novos conhecimentos. Começamos a busca por profissionais e, graças a Deus, Ele sempre coloca pessoas maravilhosas na minha vida. Começamos as terapias, as sessões de fonoaudiologia, natação e ida para a escola. Confesso que não foi fácil, mas tudo foi se resolvendo. Era choro na natação, choro para entrar nas terapias, a escola até que me surpreendeu, quem ficou chorando fui eu.

Vou contar uma das primeiras lições que aprendi com o autismo. Logo após o diagnóstico, fui colocá-lo na natação, levava-o e a irmã que, mesmo sendo neurotípica, era uma criança e também precisava da mesma atenção que Natan. Eram duas crianças para eu cuidar sozinha. Natan com suas dificuldades de adaptação e a Dani precisava de ajuda na troca de roupa. Eu não tinha costume de sair sozinha com eles, o pai sempre estava junto e me ajudava, mas na natação não dava porque era no horário que ele trabalhava.

Eu já havia contado que meu filho era autista e para o pessoal da natação isso não era problema. No primeiro dia, Natan chorou os 50 minutos da aula; no segundo dia, também e isso me incomodava muito, eu sempre achei que atrapalhava as outras crianças, que as outras mães estavam achando ruim, porque atrapalhava a aula dos filhos delas. Na 3ª aula, eu disse para o dono da academia: hoje é o último dia que venho. Se ele não parar de chorar, eu não volto mais. Sabe qual foi a resposta que eu ouvi? "Mãe, você está sendo covarde, você vai privar seu filho de viver em sociedade para satisfazer a sua vontade, para você não ter trabalho? Se o choro do seu filho te incomoda, deixa ele aqui por uma hora e vai passear no shopping, descansar sua cabeça. Para nós, o choro é normal e um dia ele vai parar".

Comecei a chorar no mesmo instante e vi o quanto eu seria egoísta privando meu filho de viver a vida. Que tapa na cara, se eu que sou a mãe, não queria lutar pelo bem do meu filho, quem iria? Naquele mesmo momento, o professor me sugeriu sentar longe dos olhos do Natan e rezar, e que ele também faria uma oração para que Jesus nos abençoasse nessa jornada. Foi impressionante, naquele dia, Natan chorou apenas 30 minutos; e a cada aula, ele foi se adaptando, até não chorar mais.

O que aprendi a partir disso é: que seria sempre eu quem deveria lutar pelo bem do meu filho; e jamais privá-lo de ter uma vida normal. Digo com convicção que ainda existem pessoas maravilhosas, profissionais maravilhosos e que o mais importante é deixar o orgulho de lado.

O que eu aprendi com o autismo? Aprendi a ter paciência. Eu era bastante acelerada e queria tudo no tempo certo. Hoje resolvo de acordo com as prioridades.

Aprendi que preciso de pessoas que me ajudam. Não posso resolver tudo sozinha.

Aprendi que não preciso de palavras para entender meu filho.

Aprendi que tenho um marido maravilhoso, que não nos abandonou e sempre ajudou.

Aprendi que tenho uma filha maravilhosa, que tem um amor incondicional pelo irmão.

Aprendi que, mesmo diante das dificuldades, existe também o caminho para a felicidade.

Aprendi que nem todas as pessoas sabem lidar com o autismo e entendo, eu mesma não sabia.

Aprendi a valorizar as coisas simples da vida.

Aprendi a ficar feliz pela mínima evolução do meu filho.

Aprendi a ter forças renovadas todos os dias.

Aprendi que sempre vai existir preconceito, mas jamais deixarei dominar nossas vidas.

Aprendi a amar na forma mais pura.

O que poderia ser mudado na sociedade? Poucas pessoas conhecem o autismo, procuramos entender quando acontece perto da nossa família. Acho que o autismo deveria, em primeiro lugar, ser estudado no curso de magistério, ter mais aulas nos cursos de graduação. O que mais vejo e o que mais sofro hoje é pelas escolas totalmente despreparadas. Estuda sobre o autismo apenas aquela profissional que faz pós-graduação em educação especial; do contrário, o curso de pedagogia é bem falho quanto à educação especial. Magistério então nem se fala. Acredito que o pontapé inicial para melhorar o entendimento seria por aí. Afinal, a nossa maior socialização com o mundo começa na escola.

Outro ponto prejudicial para as famílias autistas é a respeito da saúde. É difícil ter consultas gratuitas, neurologistas disponíveis nos planos de saúde, auxílio com terapias, enfermeiros despreparados, a maioria dos tratamentos gratuitos são de ONGs ou entidades sem fins lucrativos. Falta atenção do governo com pessoas especiais.

As pessoas em si deveriam antes de se casarem saber escolher o parceiro para a vida. Saber escolher bom marido, boa esposa, bons pais e boas mães. O que mais vemos são famílias de autistas destruídas e isso influencia muito no desenvolvimento dos filhos, não só crianças especiais, como também nos neurotípicos. Unam-se sabendo todos os possíveis erros que a vida possa nos dar. Pais e mães devem estar unidos quanto à educação dos filhos. Sempre digo, meu coração é um pouco sensível e, se não fosse a autoridade do pai, muitas coisas não teriam os resultados esperados. Todos nós precisamos de limites, eu me limito o tempo todo pelo bem da minha família, assim meus filhos também aprendem os limites que precisam. Não se esqueçam, os pais são o exemplo. Por mais que a gente fale, eles assimilam melhor observando nossas atitudes.

Enfrento dificuldades todos os dias, mas acreditem é possível sim ser feliz dentro das limitações de uma família especial. Quando descobri o autismo do

Natan, tive que me reinventar e escolhi, em vez de chorar, sorrir, porque descobri que aqui estava minha missão na Terra e que eu deveria amar ainda mais a minha família. Mulheres, sejam sábias, edifiquem seu lar; homens, honrem suas esposas e seus filhos incondicionalmente. O que move a família é o amor.

Quando digo que precisamos reinventar, não é deixar de fazer o que gostamos. Precisamos apenas nos organizar e levar uma vida normal. Depois do diagnóstico, tudo ficou mais claro, pois sabemos qual caminho devemos percorrer. Com os profissionais adequados, conquistamos muitos avanços, mas tenho consciência de que estamos só no começo. Lutarei incansavelmente pelo bem dos meus filhos, o que nos move é o amor, que estamos aprendendo com Natan, aquele amor inocente e verdadeiro.

Quando aceitamos o filho autista, enxergamos os pontos fortes e vemos onde ele precisa de ajuda. O desenvolvimento começa a partir da aceitação. No início, eu queria ensinar meu filho a ser mais parecido com o padrão do mundo, hoje eu entendo que ele apenas age de maneira diferente. Não quero ser uma mãe perfeita, quero apenas ser a mãe que meus filhos precisam.

Amar o normal é fácil, mas o verdadeiro amor supera qualquer diferença. Com o tempo, ficamos cada vez mais fortes e conhecedores do autismo.

Natan, se essa é a nossa jornada, é por nós que amanhecemos cada dia mais dispostos a lutar a sua luta, a sonhar seus sonhos e a caminhar seus caminhos. Nós acreditamos em você. Papai, mamãe e irmã estarão sempre contigo.

Somos abençoados.

24

O PODER DO AMOR DA MÃE ATÍPICA

Neste capítulo, a mãe atípica nos conta como foi a experiência de receber o diagnóstico de autismo, como foi a jornada de conhecimento sobre o tema, os desafios do desenvolvimento do filho e como ajudar no tratamento.

SARA RADIS

Sara Radis

Contatos
asararadis@gmail.com
Instagram:@sarinha_radis
YouTube: O poder do amor da mãe atípica

Administradora graduada pela Universidade Metodista (2008), com MBA em Gestão Estratégica Econômica de Negócios (FGV, 2014). Seu diferencial é ser mãe atípica (a maior escola da parentalidade), coterapeuta certificada pelo Instituto Singular (2020), mentorada pelo Design de Carreiras por Lilian Marins (2021), mentorada pelo Destrava e Grava por Fabiana Teixeira (2021). É uma apaixonada pelo desafio do desenvolvimento de seu filho e tem, como missão de vida e propósito de mulher protagonista, a conscientização sobre autismo por meio da comunicação.

> *Você será capaz de conquistar tudo o que desejar quando descobrir toda a força que existe dentro de si.*
> FELIPE GÖTZ

Sempre sonhei em ser mãe. Cesar foi um bebê muito desejado, mas tivemos desafios desde o planejamento. Meu marido teve câncer e realizou uma quimioterapia muito pesada. Isso fez com que ele ficasse estéril por um período, não sabíamos se era algo definitivo ou não.

Passou o tempo, casamos, engravidei do Cesar por vias normais e foi uma grande alegria ver o teste positivo, realizar o meu sonho de ser mãe. Porém, desafios atrás de desafios. Eu tive descolamento de placenta, sangramento e, com isso, uma gravidez de alto risco, consequentemente uma gravidez muito conturbada, difícil, porque a qualquer momento eu poderia perder o maior sonho da minha vida, aquele serzinho. Fazer o ultrassom e escutar o barulhinho do coração batendo, para mim era muito confortante, foi um momento muito delicado, porém muito especial.

Eis que o Cesar nasceu, lindo, maravilhoso, fofinho, perfeito. Ele foi crescendo e eu percebendo alguns sinais. Ele era diferente. Mas, como eu tive uma gravidez conturbada, achava que era eu o " problema" e não conseguia interagir com meu filho. Ele me evitava. Eu ia para a cozinha, ele ia para sala, eu ia para a sala atrás dele, ele ia para o quarto. Eu pensava: "ele está me rejeitando". E refletia por qual motivo seria, ou no que eu estava fazendo de errado. Quero sentar e brincar com meu filho, ser uma mãe companheira e parceira e não estava dando nada certo. Alguma coisa estava errada. Será que era eu? Não encontrava justificativas, até pensei que fosse o signo que não combinava, Cesar é de sagitário e eu, câncer.

Com isso, em uma das consultas com a pediatra quando o Cesar tinha 1 ano e meio, questionei a médica se o filho sente o amor da mãe. Ela riu e respondeu que sim, que claro que sente.

Dois meses depois, em outubro de 2019, em uma próxima consulta na pediatra, questionei: se Cesar fosse autista, como eu saberia? A médica respondeu: Imagine, ele é quietinho, não é autista. Enfim, mesmo assim, fiquei com isso me incomodando internamente. Fiquei pensando por que os amiguinhos do Cesar já começaram a falar as primeiras palavrinhas. Até perguntei para a minha mãe com quantos anos eu comecei a falar. Ela respondeu que demorei para falar, que comecei com 4 anos e depois não parei nunca mais; disse ainda que era normal e para eu não me preocupar.

Em fevereiro de 2020, na primeira reunião anual da escola, chamei a professora e perguntei se Cesar interagia. Marquei uma reunião com a escola. Na semana seguinte, fizemos a reunião e comparamos o comportamento do Cesar na escola e em casa. Naquele momento, chegamos à conclusão que precisávamos ir atrás de um neuro devido à suspeita do autismo, porque Cesar não seguia comandos, não sentava na roda de historinhas, não interagia e ficava estereotipando com as figuras da parede.

O diagnóstico do autismo é muito complexo e conturbado de receber, pois nenhum cuidador está preparado, especialistas comentam que a gestação é como se fosse um namoro. Depois de 9 meses, é o grande dia do casamento e, por inconsciência, já fazemos todos os planos do futuro. Com o diagnóstico, tudo cai por terra e nos tira o chão.

Em março de 2020, tivemos o diagnóstico, porém de uma forma muito abrupta e não humanizada, sem muito direcionamento. A minha sensação era que havia caído uma bomba na minha cabeça, me senti muito perdida.

Duas semanas depois do diagnóstico, veio a pandemia. Um momento de muita incerteza, ansiedade, medo, pessoas morrendo, isolamento social e adaptação do *home office*. Com isso, tivemos as primeiras sessões de fonoaudiologia via remoto. Era muito confuso, não estávamos entendendo o que tinha que fazer, estava fazendo a terapia da forma errada. Não tínhamos um acompanhamento no sentido de uma devolutiva da evolução do tratamento.

A pior parte foi que comecei a sentir que Cesar estava regredindo. Estava presa em casa, não tinha nenhum conhecimento, nenhuma experiência, não conhecia ninguém próximo que tivesse filho autista.

Começou a me bater um desespero, não sabia nada sobre autismo, não sabia como ajudar meu próprio filho, me sentia culpada por tudo, pelo passado, por ter casado, por ter tido filho, por ter existido, me questionava o que tinha feito de errado na vida passada para pagar nessa, me arrependia por tudo. Fiquei muito ansiosa, não sabia como meu filho se sentia, eu pedia a Deus para sonhar eu sendo autista para saber como meu filho se sente, ficava me repreendendo que eu deveria ter visto, deveria ter lido.

O pior sentimento foi o medo, pois meu marido e eu somos filhos únicos, logo, Cesar não tem tio e não tem primos. Pela lei natural, os pais morrem primeiros. E Cesar? Como vai ficar? Vai se desenvolver, será funcional na sociedade, vai trabalhar, vai ter uma família?

Passei por um momento de desconstrução e reconstrução, pois eu não poderia ser a mesma pessoa. No ímpeto de mãe, é difícil aceitar. Mas depois do luto, vem a luta. Usei a mesma estratégia quando meu marido teve câncer, estar bem para ajudar as pessoas a ficarem bem.

Meu primeiro passo foi buscar ajuda de uma amiga nutricionista, Dra. Vivian Sanches, que me ajudou a elevar a imunidade e controlar a ansiedade. Comecei a mentalizar as mensagens que me diziam que fui escolhida pelo meu filho. Se ele me escolheu, é para fazer valer a pena. O que passou é passado, eu não posso fazer mais nada. E sobre o futuro? Como posso alterar o futuro? Fazendo o que eu tenho que fazer agora no presente, pois é "presente" de Deus. Os únicos dias que não posso fazer nada representam o passado; o futuro, ainda não sei. O único dia que posso fazer algo é o presente. Afinal, fazendo agora fará a diferença no futuro do Cesar.

Então como posso ajudar Cesar? Não sei. Como vou saber? Como consigo saber? Estudando. Então, comecei a estudar exaustivamente, li cerca de 20 livros, fiz vários cursos para chegar aonde cheguei, no conhecimento que tenho hoje.

Dentro desse estudo, aprendi que o Autismo é 80% genético, trata-se de um transtorno de neurodesenvolvimento, que acomete as conexões neurais, porém de uma forma atípica, ou seja, de uma forma diferente. Isso configura a tendência de um comportamento atípico, tem como característica padrões repetitivos e restritos.

Os sinais mais evidentes do autismo (fica como dica para mães) são atraso na fala, interação, contato visual e brincadeiras funcionais (ex.: deitar um carrinho e ficar girando as rodas). A criança se interessa muito em observar movimentos repetitivos. Também há dificuldade de entender as emoções alheias, a parte sensorial é bem mais aflorada, muitos não sentem a mesma intensidade de dor, mas, em contrapartida, a sensibilidade à luz e ao barulho chega a ser três vezes maior que uma pessoa neurotípica.

Está havendo uma crescente bem significativa de casos de autismo segundo o CDC (*Centers for Disease Control and Prevention* — o Centro de Controle de Doenças e Prevenção do governo dos EUA). Em 2020, a cada 44 nascimentos 1 era autista.

É um diagnóstico misterioso e complexo, pois não há um exame em que o resultado seja positivo ou negativo. É totalmente comportamental, ou seja, precisa de muita terapia comportamental para chegar a um diagnóstico assertivo.

Dentro do diagnóstico, existem 3 níveis: leve, moderado e severo. O mais conhecido hoje, até pelos filmes *Atypical*, *The Good Doctor*, é o grau leve, conhecido como Asperger. Porém, o autismo em si é muito mais abrangente.

Relacionado aos graus, o apelo é que, se houver um tratamento assertivo, bem direcionado, bem elaborado, com o devido acompanhamento, é possível transitar entre os níveis do severo para o leve (existem vários casos de sucesso). Porém, se não houver o devido tratamento, pode ocorrer o inverso, ou seja, a regressão, do leve para o severo. Foi a partir desse ponto que encontrei o meu propósito, trazer Cesar para o grau levíssimo, para que ele fosse o mais funcional possível.

Quando iniciei a minha saga do conhecimento, li alguns livros: *Propósito Azul, uma história sobre Autismo*, de André Lobe e Kaká Koerich Busch Lobe - traz muitas informações de especialistas na questão de inclusão, parte legal jurídica e tratamento; *SOS Autismo*, de Mayra Gaiato - uma bíblia que me empoderou com muitas informações.

Como conhecimento é poder, o estudo desmistificou o tema autismo. Aprendi como seria um tratamento bem elaborado com o devido acompanhamento e percebi que o tratamento atual do Cesar não estava completo, pois o primeiro neuro havia indicado apenas duas sessões de fonoaudióloga por semana. Com os estudos, descobri que o autista precisa também de tratamento comportamental e o indicado é realizar 10 sessões de ABA (*Applied Behavior Analysis*) por semana.

Por que a necessidade de tanta terapia? Na primeira infância, que vai dos 2 aos 5 anos, é onde temos o auge da neuroplasticidade cerebral. E o que isso significa? É a facilidade das conexões neurais chamadas sinapses, em que é consolidado o aprendizado, em pessoa neurotípica e neuroatípica.

Nesse período, temos cerca de 70 mil conexões neurais por minuto. Com isso, ocorre o engajamento do conhecimento e, com as terapias adequadas, haverá diferença no futuro do autista, porque é na primeira infância que aprendemos a ter independência, a comer sozinho, a nos vestir sozinhos, a falar, a saber o certo e o errado.

Após um ano de estudo e diversas tentativas no tratamento, troca de terapeutas, troca de neuro, Cesar está com o tratamento bem direcionado e completo. Hoje ele tem sessões de psicologia, fonoaudiologia (estamos treinando o método Pecs de comunicação e Prompt), terapia ocupacional e uma atendente terapêutica vai em casa todos os dias da semana por 2 horas, além dos complementos dos pais em casa.

Estamos muito felizes, pois o desenvolvimento do Cesar é visível. Ele tem contato visual, atende comandos, tem mais interação, está falando as primeiras frases, come sozinho, toma água/suco em copo sozinho, ajuda a tirar a roupa sozinho, está imitando bem mais e se desenvolvendo dia a dia, cada vez mais.

No curso Treinamento para Pais do Instituto Singular, foi comentado sobre um teste científico muito interessante. Havia dois grupos de pessoas: para cada grupo foi entregue um ratinho, ambos os ratinhos eram exatamente iguais, porém para o grupo A foi dito que o ratinho era superdotado e, para o grupo B, foi dito que o ratinho tinha limitações. No final do teste, incrivelmente, o rato do grupo A teve resultados além do esperado e, o ratinho do grupo B, teve resultado muito abaixo do esperado. Qual a mensagem que isso nos passa? Temos que acreditar e, como mães atípicas, temos que acreditar.

Uma música que me tocou muito foi a do Renato Russo, "Mais uma vez". Há uma parte do refrão que diz: "Confie em si mesmo, quem acredita sempre alcança". Como eu estava em um cenário totalmente desconhecido, o primeiro passo foi confiar no meu filho, no desenvolvimento dele. Se a mãe não confiar no próprio filho, quem vai confiar e acreditar? Também tive que confiar em mim mesma, para que pudesse dar todo o suporte necessário. Como diz o pensador John Maxwell: "A vida é 10% do que acontece comigo e 90% de como eu reajo a isso".

Uma das frases que me inspira muito é de um post da Forbes, escrita pela atriz alemã Uta Hagen: "Supere a noção de que você deve ser normal. Isso rouba a chance de ser extraordinário".

Referências

GAIATO, M. *S.O.S. AUTISMO: guia completo para entender o transtorno do espectro autista*. 3. ed. São Paulo: nVersos, 2019.

LOBE, K. *Propósito azul: uma história sobre autismo*. São Paulo: nVersos, 2020.

25

POR TRÁS DE NÓS
DANDO VISIBILIDADE AO AMOR E À DOR QUE ENVOLVEM CADA MÃE DE AUTISTA

Neste capítulo, os pais encontrarão algumas reflexões sobre as mudanças que acontecem a partir do diagnóstico do filho com autismo, impactando a rotina da família, sendo aqui destacada a figura da mãe. O texto menciona que há um ser mulher por trás dessa mãe, que precisa ser considerado. Lares de pessoas com deficiência passam por muitas mudanças, as mães vivem um mar de emoções.

TEREZA CRISTINA SANTOS

Tereza Cristina Santos

Contatos
terezacristinaazul48@yahoo.com
Instagram: terezacristinaazul
Facebook: terezacristina.santos.7798
98 98247 9426

Pedagoga graduada pela Universidade Federal do Maranhão (UFMA); com especialização em Supervisão Escolar (UNIVERSO - Universidade Salgado de Oliveira), Educação Especial e Inclusiva e Psicologia da Educação (UEMA - Universidade Estadual do Maranhão). Coordenadora pedagógica de escola pública. Palestrante. É autora dos livros *Comigo é tudo azul – de uma prisão à paixão* (2020), *Autismo-sutilezas no brincar* (2021), de produção independent, e do e-book *Autismo em cordel-autismo e escola, vamos falar agora?* (2022). Voluntária de projetos sociais. Coautora da antologia *Mulheres extraordinárias se vestem de poesia*. Sua maior fonte de inspiração é Rian Lopes dos Santos, seu filho adolescente que tem autismo. Define sua vida como um caminho em constante aprendizado, paciência, persistência e, acima de tudo, de muito amor.

O autismo impulsiona a querermos um colo, um aconchego, um abraço amigo, uma mão estendida. Se não for assim, não vivemos, não ajudamos, não existimos.
TEREZA CRISTINA SANTOS

Quero aqui tecer algumas reflexões sobre essa pessoa que representa um chamado doce, mãe, um nome tão curtinho e tão falado no dia a dia e que os múltiplos papéis que precisa desenvolver na caminhada geram enorme aprendizado, porém podem transformar o doce no azedo.

Não estou querendo aqui ser drástica a ponto de dizer que mães de pessoas com Transtorno do Espectro do Autismo (TEA) não são felizes e por isso o termo "azedo". De modo nenhum! Das tais aqui estou, mãe de um adolescente com autismo, profissional da área de educação, mas como tantas outras mulheres, há alguns anos tive que encarar um tratamento especializado, pois a TAG (Transtorno de Ansiedade Generalizada) estava me consumindo.

Por trás da pessoa com autismo que está na sociedade, existe uma família que vive uma rotina e que teve que transformar sua vida para buscar qualidade de vida para seu filho e para todos a sua volta. Existe uma mãe que, embora já tenha se decretado como "guerreira", para vencer a batalha assim constituída, precisa estar preparada. A mãe está por trás de tudo isso. Cabe aqui destacar que a configuração das famílias é bem diversa, mas aqui me reporto à figura materna.

Então, o que está por trás dessa mulher que se apresenta? Essa mulher, intitulada com o codinome guerreira, fica estagnada mediante ao diagnóstico do filho. Essa mulher, por vezes, não consegue realizar as suas consultas de rotina, pois tamanha complexidade que envolve o autismo do filho não a permite. Essa mulher, por vezes, não consegue ir ao enterro de amigos, porque não deu. Essa mulher tem vontades e, como muitas, também gosta de sorrir, mas acumula muitas insatisfações no cotidiano, como preconceito, recusa de matrícula escolar do filho, abandono de amigos, sendo consumida pelo choro. Essa linda mulher nem consegue se ver mais linda.

Desse modo, o que há por trás então é uma reunião de fatores que mudaram todo o circuito da vida dessa mulher. O texto "Bem-vindo à Holanda" retrata bem essa questão. A escritora americana Emily Kingsley, no ano 1987, destacou a mudança repentina de planos quando a família recebeu o diagnóstico do filho com deficiência. Um novo começo.

Mudança de planos, mudança de estilo de vida e, para muitos, mudança até de cidade. Em vários rincões brasileiros, não se encontra tratamento especializado para a pessoa com autismo, então muitas famílias migram numa corrida desenfreada em busca de atendimento. Nesse sentido, as famílias correm até mesmo quando não querem correr e mudam até de forma repentina para uma realidade desconhecida. É doloroso! É o universo por trás das mães que acompanham seus filhos com TEA.

A mulher que se mostra ao mundo como mãe de pessoa com autismo é a mesma que gosta de comer delícias, que ama ouvir sua música preferida, visitar pessoas, escolher roupa nova e dar gargalhadas. É essa mulher que, por simples que sejam as situações, ela não consegue fazer.

Bem no início do diagnóstico do meu filho Rian, no ano 2012, estive na 6ª edição da Feira do Livro de São Luís (FELis) e encontrei o livro *Sinto-me só*, de Karl Taro Greenfeld, jornalista que escreveu como era a relação da sua família com seu irmão autista Noah. Relatou sobre regressão de Noah, seu irmão, mencionando que ele não era igual às outras crianças. Karl disse que isso se constituía um fardo e escreveu: "Minha mãe não é mais leve e alegre como antes. Meu pai, quando tenta brincar comigo, não consegue esconder que está tentando forçar um intervalo em suas preocupações (2009, p. 43)". Se hoje ainda temos muito o que avançar, imagine no período que Karl se referiu nesse trecho, nos anos 1960.

É bem verdade que há um impacto do autismo na família e a alegria, aos poucos, vai se perdendo, com tantas aflições no lar. A mudança é nítida. Há uma canção que não será ouvida. Há um grito silenciado, aprendizados a serem buscados e dores sufocadas ou postergadas. O desafio é manter a chama do ânimo acesa.

Por trás de nós, há um mar de emoções. Então, vamos metamorfosear para o bem, fazendo o que pudermos para permanecermos nessa caminhada recheada de surpresas, que o autismo nos proporciona.

Referências

GREENFELD, K. T. *Sinto-me só*. São Paulo: Planeta do Brasil, 2009.

KINGSLEY, E. P. *Bem-vindo à Holanda*. Disponível em: <https://www.pensador.com/frase/NTM5NzA4/>. Acesso em: 16 fev. de 2021.

SANTOS, T. C. S. L. *Comigo é tudo azul - de uma prisão à paixão*. São Luís, 2020.